希望はいつも当たり前の言葉で語られる

白井明大

当たり前の言葉に、喜び、
当たり前の言葉に、傷つく、
当たり前の言葉に、無防備で、
当たり前の言葉に、耳を澄まし続け、
当たり前のおまえの言葉に、狂った様に生かされる。

はじめに

希望って
何だろう?
(ぼくにとって)

たとえば夢を叶えたり、成功を収めたりすることは、人生における幸せの最たるものなのかもしれない。どんな夢を思い描き、何を成功と考えるかは、人それぞれだとしても。

ただ、この本は、そうした大きな幸せをめがけて書かれている、というものでもない。時々はそれらと関係ある話にもなるかもだけど、どちらかというと、もっとささやかな、身近な、自分の足元を見つめるような話題が中心になっていると思う。あとは、ぼくが言葉を書くうえで心に留めていることとか。

ちょっと話が変わるけれど。

ぼくは、希望ってすごく大事だと信じている。

なのに、いまの時代は希望がぜんぜん足りてないんじゃないか、とも感じている。絶望のほうがよっぽどリアルで、身近じゃないだろうか。それって全然いいことだとは思えないけど、向き合うのが苦手だけど、現実というものを直視したら、そう言わざるをえない。

じゃあ、希望って何だろう?

いったい、これまでぼくにとって何が希望だったんだろう?

と考えてみると、希望というのは、夢や成功にじかに結びつくものというよりも、むしろいまの難所をどう切り抜けるか、どうしたらこのドン底の苦境から脱け出せるか、あるいはすぐそばにいる大切な人をもっと大事にするにはどうすればいいのか、といった抜き差しならない実際問題の迷路をさまよっているときに、こっちだよ、と道を知らせる星明かりのようなものだった気がする。

ぼくにとっての希望とは、高く遠く見上げるような何か立派なお題目ではなく、今日を生きるための知恵や、明日までどうにか持ちこたえるためのやさしさだった。

そんな希望は、時に誰かがくれた言葉という姿で、ぼくの前に現れた。

言った相手のほうはもしかしたら覚えてもいないような、会話の流れでふと一言こぼしただけの、ありきたりで何の変哲もない言葉かもしれない。でもそんな言葉に、ぼくは救われてきた。二十代後半になってようやく社会に出たはいいものの、右も左もわからないときからずっと、「白井、そういうときはこうするんだ」とか、「いいか？　これだけは大事にしろよ」とか言ってくれた人の実感のこもった言葉が、夢見がちなぼくの脳内お花畑に補正をかけるヒントになってきた。

ずっと心に残ってきた、それらの言葉たちをこの本に記そうと思う。

ここにあるのは、ぼくがすったもんだのさなかをともにくぐり抜けてきた、現場叩き上げの言葉ばかりだ。そんな血の通った肉声が、真っ暗闇に囲まれたぼくのそばでずっと希望を灯し続けてくれた。

希望はいつも当たり前の言葉で語られる

というのは、ほかでもない、ぼくの実感だ。

理不尽で不毛な世の中の矛盾に身も心もすり減らすようなハードな日々の中でも、希望はある、なんて言えない。もちろんあると思うけれど、問題はそこじゃない。

きつい状況の中で人がぎりぎりのところで保ってきた平穏な日常を、根底からひっくり返しかねないことだって、この世の中ではうんざりするほど起こる。

それを乗り越える方法は一人一人違うだろうし、これから書くことはあくまでぼくの実体験にすぎないのだけれど、この本が何かの足しになったなら、と願ってやまない。

今日を生きることが大事。

明日まで辿りつけたら最高。

もしそんな日々の先に、まぶしい何かが待っていたら奇跡。


と、そんなふうに思っている。

そして無責任に言ってしまうと、なんとかなるさ、とも心のどこかでいつも思っている。

よくわからない前書きになってしまったが、とにかく、あなたの日々にマッチの火ほどの小さな希望でも灯すことができたなら、何よりの何よりの何よりです。

希望はいつも当たり前の言葉で語られる

目次

気づきをくれた言葉

本書に掲載した「焦らず、着実に」「誰かが見てる」「好きを大事に」
「頼まれたことはやる」「裸になりなさい」「神は細部に」「しなやかに弱く」
「書くんだよ」「はい不安です」「沈丁花が咲いたら」「様子を見よう」は
『琉球新報』２０１７年7月13日〜同年12月22日に連載されたものです。
また「万葉の心を持っている」は詩誌『馬車』54号に、「わが家の震災支援だ」は
『沖縄タイムス』２０１６年1月7日に初出掲載されています。
尚、一部改題・加筆・修正しています。

救われた言葉

ずいぶんとでこぼこ道ばかりを歩いてきた。
馬鹿だったし、青かったし、がむしゃらに
猪突猛進しては壁にぶつかってきた。
そんな中で、自分を救ってくれる言葉があった。

焦らず、着実に

二十七歳の秋、ふとしたことから広告業界で働くことになった。コピーライターの中途採用。勤め先はいまでいうブラック企業で、半年後に会社を移ったけれど、次の会社も一年で辞めてしまった。

たいして修業もしていないのに長続きしなかったのは、終電帰りが当たり前の長時間労働のきつさ以上に、書きたいようにコピーを書かせてもらえないフラストレーションが溜まりに溜まってのことだった。

三十手前で無職のその日暮らしをしていた頃、元上司から届いた年賀状にこんな言葉が書いてあった。

焦らず、着実に。

なんて地味で、ありきたりな文句なんだろう、とそのときのぼくは思った。でも実は、大きな夢ばかり見上げながら、足元をおろそかにしている自分に鋭く刺さる言葉に、見て見ぬふりをしただけだった。

それから二年ほど身の振り方に迷った末に、ようやく腹をくくって独立する決心をした。とはいえ、実力も経験もツテもないフリーのコピーライターには仕事もない。これまでの作品をまとめたファイルを抱えて飛び込み営業のようにデザイン事務所を訪れ、どうにか仕事をもらった。

元上司の言葉がよみがえったのは、その頃だ。

フリーというのは、誰にも守ってもらえない。思い通りになることは全くない。理想と現実の隔たりが、そのまま自分の実力（のなさ）を示している。歯がゆさを覚えるたびに、あの文句を口の中でつぶやいた。

「焦らず、着実に」

どんなに忙しくても必ず〆切を守る。依頼内容に忠実にコピーを書く。派手な表現ばかり追い求めない。そうするうちにだんだん依頼が増え、仕事が回り出した。地味に思えた言葉が心の土台になって、新米フリーランスのよちよち歩きを支えてくれた。プロの働き方を教えてくれた。

誰かが見てる

二十代半ばまで社会に出たことのなかったぼくは、アルバイトの書店員を経て、小さなデザイン事務所のコピーライターになった。経験者募集の求人に未経験で応募したところ、奇跡的に採用された。

大学を出た後、司法浪人をしていた身でやってきたことと言えば、論文試験のために来る日も文章を書いていたことぐらいだった。何か物を書く仕事に就きたいと思ったものの、広告業界の門を叩いたのはたまたま求人が目に入ったからで、広告づくりに関するなんの知識も関心もなかった。

入社してまず驚いたのは、社内にコピーライターがいないことだった。もちろん社長は、ぼくが未経験だと知っている。少しずつ仕事を覚えればいいと思っていたのかもしれないけれど、ほどなくやって来た通販カタログの仕事は、ぼくだけでなく社の全員を半年間ぼろぼろにするほどハードな案件だった。

みんな自分の仕事で手一杯で、新人にかまっている余裕はない。コピーライティングに必要な環境は、辞書からパソコンまで自力で一から用意しないといけない。教えてくれる先輩はもちろんいない。

何をどうしていいか見当もつかず、無駄に時間ばかりかかって、失敗を重ねながらやっとOKが出ても、そのコピーは、パンフレットにひしめく商品写真の下に小さな文字で添えられた、ほんの数行の説明文でしかない。

そんなとき、美大を出てデザイナーになっていた友人がアドバイスをくれた。

「どんな仕事でも手を抜かずにやっていれば、きっと誰かが見ていてくれる」

未経験の自分には、もともと手を抜く余裕なんてなかったが、それは魔法の言葉になった。誰かが見てくれるから必死にやったわけじゃない。ただ誰かが目にする可能性のある言葉を書くのなら、やれるだけのことは全部やりたかった。右も左もわからない真っ暗闇のトンネルで、広告の世界のルールを教えてくれたのがこの言葉だった。人が見る仕事なのだ、と。


物書きをしていると、時折思いがけない幸運が舞い込むことがある。どこかで見ていてくれた、誰かのおかげで。すぐにではないし、必ずとも言えないけれど、友人の言葉は、たしかに本当だった。

好きを大事に

広告の仕事をはじめたはいいけれど、全く基礎を知らないまま続けるのはまずい、と焦っていた。最初に入った会社には、未経験の自分以外にコピーライターがいなかったからだ。

入社して半年が経つ頃、大きな案件が片付いたのを機に退職願を出した。いったん広告の講座に通って勉強し直し、それから改めて職を探すつもりだった。学費は給料を節約して貯めておいた。

ところが偶然見かけた求人に応募したことをきっかけに、針路が大きく変わっていく。広告関連の雑誌をめくっていて「さびしい風景は好きですか」と走り書きされた求人広告に目がとまった。活字ではなく、手書き。もう講座に申し込んだ後だったが、履歴書を送ることにした。

一週間ほどして連絡が来たものの、指定された日時に、とあるビルのエレベーターでフロアに降り立ったとき、来る場所を間違えた、と内心たじろいでしまった。まっすぐに奥まで続く廊下の壁沿いには、画集や写真集など洋書がぎっしり詰まった本棚が並んでいる。その向こうには大きなサーフボードが寝そべっている。「奥へどうぞ」と案内された部屋は社長室だった。

いきなりの社長面接は昼すぎにはじまり、夕方近くまで続いた。その場で採用が決まり、出社は二日後から。いま思えば、その数時間に聞いた話が、ぼくにとって初めての広告講義だった。社長はコピーライターで、彼の書いたコピーのいくつかは、ぼくでも知っていた。コピーとは何か、広告は誰に向けて発信するものか、一つ一つ雑談のように話してくれた。そのときぼくの送った履歴書に好きな音楽が書いてあるのを見て、彼は言った。これが大事。自分が何を好きかが大事なんだ、と。

その話がなぜかいちばん心に残った。とくに直接仕事に役立ったわけではないと思う。むしろいまも仕事とは関係ないときに思い出す。

きっと、自分を形作るのは、好きなものなんだ。何に惹かれ、何を選ぶか。それが深いところで精神の地層を厚くし、言葉を培《つちか》う。どんな逆風の中でも好きなものを手放さないことが、自分を譲り渡さずに貫く拠り所になってくれる。

頼まれたことはやる

会社を辞めた同じ月のうちに、次の勤め先が見つかったのは幸運だったと思う。ただ、広告づくりの夜間講座に申し込み、学費を納めた後だった。勉強はしたい。

入社前に訳を話すと、通学しながら働けることになった。とはいえ仕事を抜けられない日も多く、結局出席不足で修了はできなかった。それでも、学べてよかった。広告に夢を持つ友人たちに出会えたのは刺激になった。

その学校の実技の先生に、コピーライターと脚本家を両立させる人がいた。朝の連続テレビドラマも手がけた鈴木聡さんだ。二足の草鞋《わらじ》は大変だけど、どうすればできるのか？　という話になったとき「寝なければいいんだよ」と笑って答えたのを覚えている。朗《ほが》らかな声でそう言われたので、試しに二晩完徹してみたところ、三日目には頭が働かなくて仕事にならなかった。

その鈴木聡さんが出した、とある食品のキャッチコピーを書くという課題のとき、キャッチとともにボディコピー（商品説明の文章）まで書いてきた受講生がいた。その作品は講義で取り上げられ、高く評価された。たしかにキャッチもボディも面白かった。ボディの方が文章が長いぶん、手間もかかっていた。

でもキャッチの課題にボディまで書くのはルール違反じゃないだろうか？　とそんな疑問に先手を打つように、鈴木さんはコピーライターの心得をひとつ教えてくれた。

「頼まれたことは、やる。頼まれなかったことも、やる」

この言葉は後々まで役立った。広告主の言う通りに作るより、こっちの案のほうがいい、というアイデアを思いつくことはよくある。そんなとき、依頼を無視して自分の案に固執しても、上手くいった例《ためし》はない。最悪の場合、広告主は怒るし、当然やり直しになる。けれど依頼に沿った案と、アイデアを発展させた案の両方を見せて、いやな顔をした人はいない。まず相手の話を聞けば、相手もちゃんとこちらの話を聞いてくれる。

大事なことはふたつ。依頼以外のことをしてもＯＫ。でも依頼には必ず応える。当たり前だけど、制作中は頭が熱くなり、脱線しやすい。鈴木聡さんの言葉は、作り手の熱意を軌道に乗せる名言だと思う。

当たり前じゃないか

二番めの会社に転職してから、まだ一、二か月、というところだったと思う。残業で帰宅するのが遅く、毎日寝るのが深夜の二時三時がざらだとか、仕事の合間をぬって広告を学ぶ学校にも通っていて疲労がピークだったとか、そんなのは言い訳にすぎなくて、単にぼくは昔から朝が弱いだけなのだけれど。

その日、ぼくが寝ていると、枕元より少し遠くにある電話が鳴った。うるさいなあ、とはじめは無視しようと思った。でも、そこから数秒後に、ハッと気づいて受話器をあげた。

「……もしもし」

意を決して、ぼくは声を絞り出した。

「白井？　大丈夫か？」

それが相手の第一声だった。声の主は、上司だった。声を聞きながら、時計に目をやった。針が十二時を指している。窓の外はとても明るい。チュンチュンとすずめまでのんきに鳴いているのが聞こえる。やっちまった、とぼくはズドンと落ち込んだ。まだ会社に入ったばかりなのに。前の会社でも徹夜続きだったとはいえ、夕方の四時に出社してひんしゅくを買ったこともあったのに。ようやくまともなコピーライターの先輩のいる環境にめぐりあえたのに。

おれは……またか……と自己嫌悪の極限まで自分に失望した。だが電話はまだつながっている。寝坊しました、と言うしかなかった。そしてぼくは上司に訊いた。

「いまから、行ってもいいですか」

かぼそい、かすれるような声しか出せなかった。そんなあつかましいことを言ってしまって、人間としてどうなんだ、と我ながら情けなくてたまらなかった。宿題を忘れました、キャッチボールをしていて窓ガラスを割っちゃいました、山田くんのうわばきを隠したのはぼくです、とかそんな感じのこどもっぽいだめさが、自分からにじみ出ているのを感じた。

上司は間髪容れずにこう言った。

「当たり前じゃないか」

二十八歳にもなって、大の大人が何を言っているんだ、と思われそうだけれど、ぼくはその言葉を聞いたとき、自分が社会に受け入れられているのだという、見たことも聞いたこともない事実を初めて目の当たりにしていた。親でもないのに、この人は何を言ってるんだろう？　と半分ありがたく、そして半分信じられないような感情だった。たぶん、社会に出て初めて安心した瞬間だった。

寝坊して安心した、というのもおかしな話だけれど、その一言は効いた。大学を出ても浪人生活をしており世の中との接点に乏しく、書店バイトのフリーターというのも、就職した学生時代の同期と比べて吹けば飛ぶような心細さで、おまけに初めて入ったデザイン会社ではさんざん仕事を全否定されたおかげで、ぼくには社会に帰属しているという意識がそれまでさらさら持てなかった。

このとき、自分はあるところに帰属しているんだ、とわかった。

こんな人間を部下に持った上司はつくづく大変だっただろうと、いまにして思えば申し訳なさでいっぱいだけれど、それにしても、このときの電話ごしの言葉も声もいまだに耳に残っている。起こった出来事としては恥ずかしいかぎりだけれど、いまでも恩に感じている。

社会も、企業も、仕事も、どんどんきれいごとが追いやられている。そんないまの世の中で、こんなゆるい思い出話をしてどうなるものでもないかもしれない。

言いたいことは、ゆるされるという体験がどれほど稀有で、そのぶんどれほどかけがえないかということだ。承認欲求という言葉が巷《ちまた》に広まってずいぶん経つけれど、たしかにそうだ。他者から承認されるというのは大事なことなんだ。ゆるされる。受け容れられる。そんなことが一度でもあったら、心というのは、大きく安心する。ずっと抱え込んでいた引け目や、コンプレックスや、過去の失敗や、トラウマなどから解放されて、心の自由を取り戻すことだってあると思う。

葉っぱの「ぱ」ってなんだろう？

転職して半年ほど経った頃だろうか、コピーライターの上司と社長と一緒に昼飯でも食べに行くか、という話になった。入社一年めのペーペーが、大変な場に居合わせることになってしまった、と内心ハラハラドキドキしていたのだけれど、三人でエレベーターに乗って出かけようとしているところでだった。

なんの話の流れだったか忘れてしまったが、社長が言った。

「葉っぱの『ぱ』ってなんだろうなぁ？　って、そういう疑問を持つことが大事なんだよ」

葉っぱの「ぱ」？　そんなことを考えもしなかった。尾っぽの「ぽ」もそうだ。なくてもいい音がぶらさがっているのは、なぜだろう。一見意味がなさそうな「ぱ」や「ぽ」があると、葉っぱも尾っぽもチャーミングな言葉になる。そういえばそうだ、とぼくは思った。

いつでも言葉をしげしげと見直して、ふしぎに感じること。なんでだろう？　と考えること。そういうことが、コピーライターにとって頭の体操になるらしい。

コピーの案を練っていて、もし「〜しよう」と書いたら、ついでに「〜しようよ」と「よ」をつけたものも書いてみる。「〜しようか」、「〜しよっか」、「〜しよー」、「〜してみ？」……と際限がなくなりそうになる。その際限なさ。言葉の可能性のかぎりなさを、いつもポケットに入れておくこと。いつでもサッと取り出して、どうしたら人の心に届く言葉が見つかるか探求し続けること。

それがコピーライターってもんなんだよと、社長はたった葉っぱ一枚で、ぼくに教えてくれた。

ことのはらっぱ

キャッチコピーにおまけをつけるような技（?）を、それ以来何度か仕事で使ったけれど、葉っぱの「ぱ」みたいな音を集めて、詩を書いたこともある。あのときの社長の話を思い出しながら。「ころ」とか「んこ」とか、いろいろあるある。

いしころころ
はっぱらぱら
どんぐりぐり
あまつぶつぶ
どろんこねこね

（「ことのはらっぱ」より）

締め切りを守ることだ

コピーライターの半人前にもならない卵のくせに運よく転職し、晴れて上司も先輩もいる（つまりコピーの書き方を学べる）職場に移れて、ぼくはほっとしていたし、うれしくもあった。ようやくこれでスタートラインに立てると喜んでいた。

入社して数日といった時期に、直接の上司ではなく、別の部署のコピーライターやアートディレクターの先輩と昼飯を食べに行く機会があった。浮かれ気分で、ぼくはこんなベタな質問をした。

「コピーを書くときに大事なことって何ですか？」

先輩はすかさず答えた。

「締め切りを守ることだ」

絶対に、と付け加えていたかもしれない。早口で、低い声で、鋭く、そう言い切った。は？　とぼくは拍子抜けした。もっと違う答えを期待していたからだ。たくさん映画を見ろとか、美術館にも足を運べとか、本を読めとか、ひらめきが降りてくるコツとか、人をハッとさせる文章の書き方とか、そういうのを聞きたかった。

締め切りを、守る。

なんてふつうの答えだろう。聞かなくても、ぼくでもそれくらい知っている。つまらないことを言う人だな、と思ったが、隣りで聞いていたアートディレクターが笑っていた。きっと別の意味に聞こえていたに違いない。

コピーが遅れれば、デザインする時間がそのぶん減る。広告主にプレゼンする準備の時間も押してくる。何より広告を出す日は決まっているし、たいていの場合、仕事の発注があってから締め切りまで時間は全然ない、と相場が決まっていた。はなからスケジュールがタイトでじっくり案を練る余裕もないのに、売れるコピーを考えてくれ、と無理難題が持ち込まれる。それでも、守るのが締め切りだった。

でもそのときのぼくは新米でなんにもわかってない。ああそうですか。締め切りね。ふうん。当たり前だろ、と思いながら、聞くだけは聞いていた。なにせ初めてコピーライターの経験者がうようよいる環境に入れたのだから。その言葉の本当の意味に気づくまでに、そう長くはかからなかった。

寝かせてから送る

締め切りより少し早めに原稿を送ることのいちばんいいところは、文章を数日間寝かせられることだ（詩の場合には、一年、二年、それ以上寝かせることもあるけれど）。自分の書いた考えや言葉に、これでよし、と自分自身でＯＫを出して原稿を送るのと、締め切りにせっつかれて、もう間に合わないから仕方ない、と見切り発車的に送ってしまうのとは違う。もちろん、締め切りぎりぎりまでかかってしまうこともあるし、もともと時間のない状況で書かなければならない場合もある。

ただ、長い長い目で見ると、自分の考え、自分の仕事、自分の人生を、誰にも、何ものにも譲り渡さないために、締め切りという時間から自由であるほうがいい。

ただし、一分でも一秒でも早く書かなきゃいけない、という状況が、時にどうしようもなく訪れる。そんなとき、ぼくは妻に読んでもらっている。編集者でも読者でもないけれど、遠慮なく、シビアに、何よりふつうの読者の目線で意見をくれるから。友だちでもいい、親や兄弟でもいい、とにかく身近な他人に読んでもらってダメ出しされることで、焦り気味の自分では気づかなかった盲点に気づかされることが結構ある。

では、それよりもっと急ぎだったらどうしよう？　いざ原稿を添付してメールで送ろうとするとき、マックブック エアーの動作が少しだけもたつくことがある。たとえば日本語変換の反応が鈍ったり、急にネットにつながる速度が遅くなったり……、といった何らかの兆候が見受けられたら、いったん手を止めて、下書きフォルダに保存する。

そして席を立って、しばらく別なことをする。相撲の仕切り直しみたいに。それからもういちど席に戻って、あらためて原稿を見直す。なんでもいいから、どこかを直す。「けれど」を「でも」に変えるとか、本当にささいなところでいいから直してみる。ちょこちょこ文章を直していると、あれ？　ここ変だな、と気づいたり、いやいや、やっぱりOKだよ、とけっきょく元に戻したりするけれど、結果は何でもいい。再々度、見直せればよし。それから送る。こんどはすんなりマックも動いて、ちゃんと送れる。これで本当にOK！　と、気休めかもしれないけど、思える。自分の中だけのことかもしれないけれど、パソコンの前でじたばたと土俵際まで粘るほうが、少なくとも後悔を減らせると思う。

安心しない

キャッチコピーのプレゼン準備をするとき、よく思い出していた言葉がある。

「安心して人に見せられるコピーなんて、誰も見ない」

これは、葉っぱの社長が言った言葉だ。キャッチコピーは惹句《じゃっく》とも書く。惹きつける句。人をハッとさせるから、みんなが見てくれる。安心して差し出せるものなんて、わざわざ気にする人はいない。目の前にあっても素通りされるのがオチだろう。どうかなどうかな、と内心ドキドキしながら、好きな人に初めてメールを送るときみたいに、気が気じゃない、心臓が飛び出しそう、というくらいがいい。

「ニュースを書くんだ」

社長はそんなことも言っていた。知りたくなるような情報を、短いキャッチコピーの文言の中に入れろ、という意味だ。会社の机の上に、谷川俊太郎の全詩集を置いていたら「それより、正岡子規を読め」と言われたこともあった。

谷川俊太郎と正岡子規の何がどう違うのか、当時のぼくは、まだ詩を書きはじめる前で、ちんぷんかんぷんだった。言われたとおり、子規の句集を文庫で買ってきたけれど、ろくすっぽ読みもしなかった。

子規は、目にとまるものごとから句を作った人だ。事実に沿って言葉の表現をする、という意味で、子規の句とコピーには通じるところがあるのだと、いまならわかる。

でもあのときは……。

なんだかそんなことばっかりだ。言われたときには、なぜそれをやるのか、意味も理由もわからない。そして、わかるときというのは、教わったことが身についたときだ。

ああでもない、こうでもない、と机の前で髪をかきむしり、手を動かし、なんとかコピーの案をひねり出そうと脳に汗をかいているとき、

「安全パイがひとつできると、あとが楽」

と広告の学校で話してくれたコピーライターの言葉が頭に浮かぶ。たしかにそうだ、と切羽つまっているときほど、言葉が身にしみる。安全パイと言おうか、無難な案と言おうか、これを持っていけばひとまず打ち合わせになるぞ、というコピーが出てくると、ほっとする。よし、じゃあ、ここからは好きにやろう、と気楽に構えることができる。そうなってから、突拍子もないような思いがけない言葉を、ぽこぽこっと思いつくことが何度もあった。

リラックスしたほうが、いいアイデアが浮かぶのはわかってても、なかなか思うようにはいかないものだから、まずは安全パイを書く。そして、そこで安心しない。

あきらめないで

ふしぎなことがあった。昔付き合っていた彼女が、占い師に恋愛運をみてもらったとき、最後にこう言われたそうだ。

「あなたの恋人は将来、人と違ったことをするようになるから『けっしてあきらめないで、やり続けなさい』と伝えて」

どうしてそんな訊いてもいないことを、わざわざ言ってくれたんだろう？　とちょっと驚いた。単なるリップサービスなのか、親切心なのか、よくわからない。

当時、ぼくは司法浪人の真っ最中で、毎日法律の勉強に明け暮れていた。だから彼女としては、試験をあきらめないでがんばって、という励ましのつもりで言ってくれたのかもしれない。

ただそれを聞いたとき、なんとなくのニュアンスでしかないけれど、「人と違ったこと」というのが弁護士になることだとは思えなかった。

じつはその頃からおぼろげに、物書きになりたい、という願いを抱きはじめていた。学校を卒業した後、まわりの友だちがグラフィックデザイナーや建築家、テキスタイル作家などになっていき、想像力を羽ばたかせる仕事をしているのを、うらやましく見ていた時期だった。もし五年間やっても試験に受からなかったら、そのときは、後の人生好きに生きよう、と心の中でつぶやいては浪人生活のささやかな慰めにしていた。不安と希望がごちゃまぜのような日々だった。

「あきらめてはいけない」

というその声は、ぼくが心のすみにむりやり押し込めていた、もうひとつのおぼろげな願望を照らす言葉に感じられた。

夢には、実現する根拠なんてない。ただ心に願ったり、誓ったりすることによって、日々の原動力になるだけだ。他愛もないジンクスや占いが世の中からなくならないのは、きっと根拠のない夢というものを抱く人が、たとえ気休めでも、根拠代わりに支えとなる何かを求めるからだと思う。

そのときのぼくには、ものを書くというのは遠い世界のことのように感じられていた。でも恋人が言づかってきたという、その占い師の言葉が、遠い星からのかすかな光のように、こっちだよ、と告げてくるように思えなくもなかった。

信じるとも信じないともなく、ぼくはその言葉を半分聞き流し、半分だけ胸にしまった。まだ試験を受けているときに、よそ見をしたら道を逸れてしまう。ただ、いつか夢を見てもいいのかもしれない、というかすかな星明かりとして記憶の片隅にその言葉が残った。

はるか彼方にあるような、自分には到底無理なんじゃないか、と思ってしまいがちな淡い願望を抱きそうになるとき、時折その言葉をぽっと灯すようになった。淡いまま手放して忘れてしまうのではなく、力強く背中を押されるでもなく、進むべき道がどこかにあるよ、と心を温めてくれる最初の声になった。

あきらめないで、という言葉はよく耳にするけれど、もしかしたら、くじけそうになったときよりも、自分の可能性の前で足踏みしているときにこそ、必要な言葉かもしれない。

トラブルは起きる

大学を出てからも就職せずに、法律の予備校に通っていた。けっきょく合格できずにあきらめたけれど、二十六歳まで弁護士をめざして司法試験の勉強をしていた。

ぼくが受けていた頃は、最初に短答式というマークシートのテストがあった。五つの選択肢からひとつを選ぶ。三時間半で六十問を解くから、一問にかけられる平均時間は三分半だった。

けっこう時間があるようにも見えるけれど、すんなり答えられる問題は全然多くなかった。ひねくれた問題ばかり、と言ったほうがいいかもしれない。なぞなぞに答えてから間違い探しをして、出てきたキーワードをつないでヒントを見つけた後に五つの選択肢のどれが正解かを当てる的に、一問の中に何問も組み合わさった複合問題がかなりあった。

みっちりと準備してきた一年間が、この三時間半の結果に左右されるプレッシャーはとてつもなく大きい。初めて受けたときは、開始のベルが鳴ったとたん心臓がドックンドックン跳ねあがって、治まるまでにしばらくかかった。

腕時計は外して、机のすみに置いた。マラソンランナーのように一問三分半のペースを保てているか、一目でチェックできるように。

なのにある年の試験の最中に、ぼくはお腹が痛くなった。ありえない。緊張で腹をくだしたことなんて、いままでの人生で一度もなかった。気のせいだろう。ちょっとがまんすれば、すぐに過ぎ去るに違いない。そう思って問題文に向かっていられたのはどれくらいだっただろう。脂汗が浮きはじめ、差し込むような痛みに変わった。すわっているのがやっとで物を考えられない、という状態になって、ぼくはあきらめて手を挙げた。

「トイレに行ってもいいですか？」

情けないやら悔しいやらで、泣きたい気持ちだった。行きは、きりきり痛む下腹を刺激しないように早歩きで、用を足した帰りは小走りというかダッシュで、試験会場の教室に戻った。そして便座にすわっている最中には、ある言葉を思い浮かべていた。試験直前に予備校で配られたプリントに書いてあったアドバイスだ。

トラブルは起きるものだと思っておく。

何事もないなんて、まずない。大なり小なり不測の事態は発生するものだから、いざそうなってもあわてないように、云々。

そのプリントを読んでいたとき、ああ、よくある説教話か、などとは思わなかった。一年でもっとも神経がぴりぴりとがって過敏になる時期だけに、どんな忠告も頭の片隅に留めておいた。それはぼくにかぎった話ではなく、多くの受験生がそんな心境だったんじゃないだろうか。

いまのこの腹痛が、まさにトラブルだった。アクシデントと呼んでもいい。三分半のペースがすっかり台無しだ。机に置き去りにしてきた腕時計が、むなしく針を進めているだろう。

しかもその年の短答式試験には、それまでの過去問や予備校の模試とは似ても似つかない、面喰らうような難問が続出していた。何もこんなに難しい試験のときに、最悪のコンディションを抱えることなんてないじゃないか、とぼくは運命を呪おうとした。すんでのところでパニックに陥らなかったのは、失うものがあまりにも大きすぎたからだ。ただでさえ時間をむだにしているのに、いまパニクったら終わる。それだけはわかった。

会場の部屋の前まで来て、静かに扉を開けたとき、ある予感めいたものがよぎった。ほかの受験生の息を殺したような重い沈黙と小さく漏れるため息を感じながら自分の席に戻った頃には、予感は感触へと変わっていた。そうだ、この問題は難しいんだ、ぼくだけじゃなく、まわりのみんなにとっても。

そう思ったとき、ぼくはもういちど問題にかじりついた。一問、解く。マークシートに鉛筆で印をこすりつける。次の一問、次の一問、と岩山にしがみついて登るように目の前のことだけに集中した。それ以外にやれることもなかった。

トイレに行っていた時間は、五分少々だった。もし例年並みの難易度だったら、五分の差は大きかっただろう。けれど、例年の平均点より大きく下回ったその年の短答式試験で、ぼくは初めて突破できた。それは人より五分少ない時間の中で、できる問題を確実に解いた結果だった（自信は全くなくて、その晩は悔し泣きをした。結果発表があるまでは、絶対に落ちたと思っていた）。

自分の限界を乗り越えようとするとき、楽には行けないのだと、このときの経験でぼくは知った。泥まみれになって、地を這って、どこが峠で、いつゴールをくぐり抜けたのかもわからずに、ただやみくもに前だけを見て小さく小さく刻むように漸進《ぜんしん》すること。その苦しい時間を過ごし続けた末に、ふっと風が通り抜けたような何かの兆候があって、苦難の時の終わりが告げられる。顔を上げると、世界が変わっていることに気づく。

しかし成功体験というのは偶然の要素も多いから、たまたまぼくが上手くいっただけのことが、他の誰かにとっても参考になるかどうかは心許《もと》ない。ただ、泥にまみれてくぐり抜けるというのは、限界を超えるときに受け入れざるをえない逆境を行くひとつの道じゃないか、とは思う。

トラブルは起きるのが当たり前。起きなかったら幸運。そう思っておくことで、実際に、たちの悪い冗談のような災難に直面したとき、心が動揺しなくて済むかもしれない。

ぼくは厄介なトラブルに遭った。どうやってあの状況を乗り切ったのか、いまでもよくわからない。だからこのまま、ありのままの話を手渡すことしかできない。

本当にピンチになったとき、ああ、やっぱりトラブルが起きたな、と冷静に対処できるかどうかは時の運かもしれないが、まったく可能性を頭に入れずにいきなり遭遇するよりは、少なくとも心の準備ができると思う。

天才はいません

いろんな幸運や偶然が重なって広告業界に転がり込んだはいいけれど、コネでもなんでもなく、未経験のフリーターが即戦力のコピーライターとして中途採用された時点で、何かあるなと思うべきだった。

何事もなくぶじで済むはずがない。でもそのときのぼくは、世間知らずのひよっこだった。ずっと司法浪人をしていて、社会経験らしきものといえば、試験をあきらめてから始めた、半年間の書店アルバイトだけ。浪人時代はほとんど人に会わない生活だったから、書店へ通う山手線の通勤ラッシュも「わぁ、たくさん人がいる」とうれしく感じるほどだった。

そんな自分が遅ればせながらやっと正社員になれたところだった。逃げ出そうにも後がなく、ここを突破するしか道がない、と思い込んでいた。


入社してみると、オフィスはがらんとしていた。ぼくと同時期に入った若いデザイナーが二人いて、先輩のデザイナーと社長があとからやってきた。

ぼくを入れて、総勢五人。コピーの書き方などは先輩に教わるつもりでいたのに、完全に当てが外れた。引き継ぎも何も、そもそもそこに前任者がいた形跡すらなかった。出社初日に、ぼくのこれからがすべて見渡せた。そこのデザイン事務所が砂漠か何かに思えた。

ぼくも忙しかったけれど、デザイナーたちはさらにきつそうだった。早くても帰りは終電、ふつうに徹夜、土日出勤がざらだった。キャスター付きのオフィスチェアを二、三脚並べて座面に寝そべり、転がり落ちずに眠る彼らの姿を目の当たりにして、ぼくは驚いた。しばらくしたら、同じことを自分もできるようになっていた。

金曜の終電ぎりぎりまで残業してコピーを書き、プリントアウトして社長のデスクの上に置いて帰ると、月曜に出社して早々、社長から「全然ダメだな」とばっさり全否定される。

もちろん新人なんだから、それじたいは当たり前のこと。未経験者が見よう見まねで書いたコピーに、すんなりOKが出ると思うほうがどうかしている。

かといって、どこが悪いのか、どうすれば書けるのか、ヒントをくれる人はいなくて、自力でどうにかしろという状況だった。

昼休みなどの空いた時間は、とにかくひたすら広告年鑑という分厚い本に載っている名作とされるコピーを書き写した。それですぐに上達できるわけもなく（いま思えば、あの社長はどういうつもりで未経験のぼくを中途採用したんだろう？）、頭ごなしにダメ出しされ、踏みつけられるような毎日だった。よくあることなのだろうけど、ぼくはワンマン社長にとっての被パワハラ要員として固定化されていた。

どうせ下積みなんてそんなものだろうと思ってどうにかやれたのは、学生時代に打ち込んだスカッシュ（壁打ちテニスみたいなスポーツ）のおかげかもしれない。ぼくが所属したサークルには厳しい上下関係なんてなかったけれど、腹筋やスクワットを何百回とやったり、長距離を走り込んだり、コート内をダッシュしたり……と練習は毎回ハードだったから、鍛えられた部分はあった気がする。ぼくのフィジカルが頑丈にバリアーを張って、パワハラの嵐からメンタルを守ってくれたのかもしれない。

実際、仕事のきつさや、社長からの攻撃以上に、ここにいても自分は伸びないという事実が、ぼくにはつらかった。ちゃんとコピーの勉強をしよう、それからあらためて働き口を探そうと、ほどなく心に決めたぼくは、抱えていた案件が終わったら辞めるつもりでいた。

深夜に帰宅すると米だけは炊いておいて、翌朝弁当箱に詰めて会社に持って行った。昼食のおかずだけコンビニで買って、切り詰められるだけ生活費を切り詰め、広告の学校に通うための学費を貯金しはじめた。

翌年の春に退職願を出してからは、社長の態度がさらに悪化し、たいした仕事でもないのに徹夜で働かされた末に、給与明細を後日見ると、全く残業代がついていなかった、ということもあった。

ひどい会社は徹底的にひどい。そういう場所は、早々に見切りをつけて、一日も早く断固として逃げ出したほうがいいのだけど、前述したとおり、逃げても後がないと初めは思い込んでしまっていた。

脱出できたのも幸運としか言いようがない。機動戦士ガンダムの最終回で、銃弾や爆風をかろうじて避けながら、敵の宇宙要塞ア・バオア・クーからぶじ脱出、生還したホワイトベースのクルーみたいな気分だった。ふぅ。

社会にはちゃんと敵がいる。リック・ドムがバズーカを撃ち込んでくる。後ろから流れ弾だって飛んでくる。戦場なんだ。でもぼくはよくわかっていなかった。

*

退職と前後して、貯めたお金で広告の学校に入学の申し込みをした。そのすぐ後に、ダメでもともとだと思って応募した広告プロダクションに転職が決まった（そのいきさつは「好きを大事に」26頁に)。

辞めたのが三月下旬で、転職先への出社が翌週からだった。思いがけず、無職の期間はあっという間に終わった。バブルがはじけたとはいえ、まだいまと比べれば、広告業界の勢いが余熱のように残っていた時代だったのかもしれない。

移ったばかりの職場では、いったん六時すぎに仕事を切り上げて、週に二回学校へ通った。すでに学費は自腹を切っていたし、勉強しておかないとこの先やばい、と身にしみていたから。

仕事が忙しいときは泣く泣く学校を休んだり、出席できた日でも、授業が終わってから、ライトアップされた東京タワーを間近に見上げつつ職場に戻ったりした。クラスでは、その頃人気のあった四人のコピーライターが講師となって、三回ずつ実技の講座を受け持っていた。出された課題を締め切り日までに提出し、授業で講評を聞く。

講師のひとりは、鈴木康之さんというボディコピー(商品を説明する長めの文章)の名手だった。三回めの授業のとき「右と左の違いについて」という課題が出された。ぼくは原稿用紙に縦書きで、ふつうと逆に左の行から右の行へと書いたものを提出した（『できた』の5つのタイプ」ひらめき型・139頁）。

当日、ぼくは仕事に手間どって、もう講座がはじまっている頃にようやく会社を出られた。そして最寄り駅に向かう途中で、ふと弱気になってしまった。「あんなばかばかしい課題なんて、どうせ評価も大したものじゃないだろうし、いまから行っても授業のおしまいぐらいにしか間に合わない。もう今日はあきらめて、会社に戻ろう」そう思ってしまった。

毎回講座を受けられるのが楽しみだったはずなのに、そのときはまるで小学生がカゼで休んだ次の日に気が重くて登校しづらいような、どんよりと重たい気分に包まれた。ぼくは途中で立ち止まり、職場に戻ってしまった。


後日、課題が返却されると、そこには赤ペンの走り書きで、

「名人！」

という言葉が記されていた。そして広告学校の友だちから、当日の授業のことを聞いた。ラストの回だったので、鈴木康之さんはこんな話をしたらしい。

曰く、ボディコピーというのは一朝一夕に上手く書けるものではないこと。もちろんみんなまだまだだけれど、努力を積み重ねることで必ず上達できること……云々。そうした話のしめくくりに、こう言葉を付け加えたらしい。

「このクラスに天才はいません。ただし、この三十番の人は違いますけどね」

三十番の人、というのは、まさかのぼくのことだった。友だちから聞いて、気恥ずかしくなる半面、たまらなくうれしかった。頭ごなしに否定されっぱなしだった自分を、一人でも認めてくれる人がいるのかと信じられない気持ちになった。

でもその後、急に何かが変わった、なんていうことはなかった。相変わらずコピーライターの上司には、ひとつひとつコピーをチェックされ、「これじゃあ商品の特長が伝わらないぞ。広告を見た人がよくわかるように書くんだ」などと基礎の基礎から教え込まれていた。ぼくは内心うんざりだったけど、そういう地味でつまらなくて細かいことこそが、後々まで役に立った。

「いいか、白井?　お前は豪速球だけど、ノーコンのピッチャーみたいなもんだ」

とか言われながら、時々は小さく丸印が付けられて、打ち合わせに持っていくコピー案のひとつに選ばれた。そんなときは天にも昇る気持ちで、やっぱりうれしかった。まぁ、一瞬だけど。

広告の学校でも、続く三人の講師から天才呼ばわりされることはもちろんなかったし、むしろ「人の気持ちがわからないと、いいコピーは書けません」なんて赤ペンで書かれたりもした。

でもね！　それでもやっぱり、鈴木康之さんが言ってくれたことは、それまで根拠のない自信を妄想のように抱え込みながらどうにかこうにかやってきた自分にとって、たとえ他人から見たらこれっぱかしのささやかなものかもしれないけど、あくまでぼくの中では大きな大きな励みになった。なりましたとも。

自分を肯定してくれる誰かに出会えることは、とても大きい。ただ、それはどうしたって運や偶然に左右される。必ず出会えるとはかぎらない。だったらいま、これを読んでいるあなたに、この本を通して、ぼくはどんな肯定の言葉を贈れるだろうか。詩を書きはじめたばかりの頃、「君」という詩を書いた。エールに代えて。

君、
飛べ。

夜明け前がいちばん暗い

東京で吉祥寺に住んでいたとき、隣り駅の西荻窪に歌人の雪舟えまさんが住んでいた。時々イベントを一緒にしたり、カフェでお茶したりした。

ぼくは沖縄へ、雪舟さんは北海道へ移り住んで、もうしばらく会っていないけれど、あるとき西荻の喫茶店で話をしていると、雪舟さんがこの言葉を贈ってくれた。

「夜明け前がいちばん暗い」

いまはたいへんだけど、それは夜明けが近いからなんだ、がんばろう、とやさしい雪舟さんは、ぼくを励ますように、そしておそらく自分自身を奮起させる意味でも、そう言ったんだと思う。

どこの店だったか、季節がいつだったか、何の用事で会ったのだったか、すっかり忘れてしまっても、この言葉を言ったときの雪舟さんの声だけは覚えている。いつもより少し低いトーンで、腹の底から出てくるような、覚悟を決めた声だった。

雪舟さんは、後にきらめきのデビュー作となる第一歌集『たんぽるぽる』を、ぼくはぼくで、こどもが生まれる前後のことをまとめた第三詩集『歌』を、準備していた頃だった気がする。まだリーマンショックの影響で、世の中がぐらついていたときでもあった。

暗く長いトンネルをえんえんと歩き続けて、まだ真っ暗だけど、もう出口の光はすぐそこなんだと直感するような、そんな確信というか、ふしぎな説得力に満ちた一言だった。

いまでも、この言葉を思い出すときがある。もちろん凹《へこ》んでいるときだ。光明がまったく見えなくて、どうしたらいいかわからず投げ出したい一歩手前まで追い詰められたとき、歌人の言葉を胸の奥から呼び覚ます。

そうだ、いまドン底で真っ暗なような気がしているのは、実は、すぐそこまで朝が近づいているからなんだ。いまがいちばん真っ暗だ。それだけは確かだ。だったら、きっといまが、夜明け前なんだ。

そう自分に言い聞かせていると、辺りを覆い尽くす深い闇なんかにだまされないぞ、すぐそこまで来ている朝日が昇る瞬間まで歯を食いしばってでも辿りついてやるからな、とそんな気持ちになる。

くじけそうになる弱気を、怒りにも似た気概に変えて、この言葉を口の中でつぶやく。末尾の「暗い」と言うところでもっとも語気を強めて。だからこそ、負けるな、と腹の底に力を込めて。

下には下がらない

なんだか沖縄に似ていて、懐かしさを感じるのどかな島だった。

二〇〇九年の秋に、済州島で国際文化フェスティバルがあり、初めて韓国を訪れた。ダンス、音楽、演劇、絵画、デザイン、彫刻……などさまざまな分野の表現者たちが世界じゅうから集まる中に、各国の詩人たちもいた。ぼくは韓国の詩人に誘われて参加したのだけれど、同じく日本から来た一絃琴《いちげんきん》という琴の奏者、峯岸一水《いっすい》さんと親しくなった。

聞けば一絃琴というのは、江戸時代には精神修養の一環として武士がたしなむ楽器だったそうだ。坂本龍馬も一絃琴を好んで弾いたらしい。一水さんは思いがけず若くして、先代のひいおばあさんから流派を継ぐことになり、周囲からの高い期待や厳しい目、重たい責任などを一身に引き受けて研鑽《けんさん》を積んできた人だった。

帰国したら家に遊びに来てくださいと誘われるままに、いちどおじゃまして、彼女の演奏を聴かせてもらった。大切そうに布から一絃琴を取りだす所作が、とくに印象に残っている。すっと背筋を伸ばし、つねに緊張感を身に纏《まと》わせながら、それを自然なこととして受け容れてこの人は生きてきたのだろうなと、ほんのささいなふるまいからも伝わってきた。

楽しく歓談し、ではそろそろ、というときだっただろうか。済州島でのできごとに話が及んだ。世界中の表現者たちと一緒に町じゅうをパレードしたり、さまざまな国の詩人とともに詩をリーディングしたり、そんなことってこの先あるんだろうか？あれがぼくの人生のピークだったりして……、などと冗談のつもりで言ったところ、一水さんが涼やかな顔をして首を横に振った。

「いちど段階が上がったら、そこから下には下がらないものです」

静かな話し方だったが、きっぱり言い切る口ぶりに、一水さん自身の覚悟を見る思いがした。とともに、柔和な笑みを浮かべ、だから大丈夫、とこちらを励ますように言ってくれたやさしさも感じた。

甘えが許されない芸事の世界で、どんなときも流派を代表するふるまいを示さなければならない立場の彼女にとって、その言葉は覚悟であり、信念であり、そして事実なのだと思う。ひたすら鍛錬し、ひとつ上の世界に足を踏み入れた人にとって、そこより下の世界というのは、後戻りすれば帰れる場所などではなく、足元に積み重なった地層のひとつなのではないか。

たしかにスポーツ選手などは全盛期を過ぎれば下がっていくと見なされるかもしれないが、「下がらない」というのはそういう意味でもない気がする。むしろ技芸への理解の深まりや、人間の器としての成熟度といったことではないだろうか。

そうか、いまより下がることはないのか、だったらいいな、とそのときぼくは言葉を額面どおり素直に受けとって、一水さんの清々しさに勇気をもらった。それは、停滞や限界、慢心や堕落など考えもせず、一本の道をまっすぐに歩み続ける人ならではの哲学から来る言葉だった。

この言葉を思い出すとき、言葉の意味以上に、そう言い切った一水さんの姿にこそ励まされる。

絶対はない

万年筆を使いはじめて間もない頃、太い字幅のペン先をうまく書きこなすことができなかった。字幅が太いということは、金属でできているペンの先端の、紙に接地する面が広いということで、ちょっとでもペンをひねると、面が傾いて浮きあがり、ペン先が紙から離れてしまう。すると、インクが紙につかなくなって、うまく書けないのだ。

それで訪ねたのが、フルハルターという万年筆専門店だった。そこは店主の森山信彦さんが、使い手の書き癖に合わせてペン先を研いでくれることで知られる、万年筆好きにとっては夢のような店だ。ぼくの太字の万年筆も、森山さんの手によって、どんなにペンをひねってもスラスラと書ける、なめらかな書き心地に生まれ変わった。

以来、たびたび店を訪れては、万年筆調整の相談がてら、森山さんの万年筆談義をあれこれ聞かせてもらっている。

あるとき、フルハルターの万年筆がとても書きやすくて助かっていますと伝えたところ、森山さんはにこやかに、そして静かに言った。

「万年筆の書き心地に、絶対はないと思ってるんです。料理だってそうじゃないですか？　たとえば同じレストランで同じものを食べても、ある人はおいしいと言うかもしれないし、また別の人はまずいと言うかもしれない。そういうものだと思うんです。この書き心地がいいかどうか、決めるのは私ではなく、万年筆を使うお客さんだと思っています」

モンブランの日本代理店で、数えきれないほどの万年筆を調整してきた森山さんは、その後独立して自分の店を構え、いまもこうしてぼくのペンを研いでくれる。研がれた万年筆で書いてみると、たまらなく気持ちいい。なのに、よしあしは使い手が決めることで、絶対にこれがいいと自分は断言できない、といつも首を横に振る。長年、たくさんの万年筆ユーザーと向き合い、人それぞれで、いかに書き味の好みが異なるかを目の当たりにしてきた森山さんだからこそ、行き着いた境地があるのだろう。

と同時に、どんなにキャリアを積んでも、どれほど自分の技に磨きをかけて自信があっても、けっして驕《おご》るまい、と自戒する人の姿を見る思いがした。自分の価値観を絶対だといって、使い手に押しつけないように。絶対のはずが、いつしか傲慢《ごうまん》に陥らないように。

驕れば、鈍る。鈍れば、自分が理想とする仕事から遠ざかってしまう。でも、いちどそうなってしまえば、自分では気づけない。それは本当にこわいことだ。

森山さんがこの話をしてくれたとき、午後のやわらかい光が店内にあふれていた。

外の通りではせわしなく人や車が行きかう中、窓辺の棚には、古い時代のペンや小物が並び、光に包まれて明るんでいた。

裸になりなさい

嘉瑞《かずい》工房という活版印刷所が、東京の江戸川橋にある。

活版印刷というのは、文字を型どった小さな金属（金属活字）を一つ一つ並べた版にインキをのせて、紙に文字などを刷る印刷方法のことだ。

入り口のドアを開くと、むき出しのエンジンのようなドイツ製の活版印刷機が出迎えてくれる。ハイデルベルグのプラテンT型。使い込まれた機械の中央に、きれいに輝く盤面が目立って映る。

奥へ入っていくと、古い欧文活字が棚に収められ、年季の入った印刷機があちこちにあり、まるで印刷物の小さな博物館のような部屋に続く。そこで待っているのは、印刷所の主、髙岡昌生さんだ。

活版印刷は昨今、文字の凹みや掠《かす》れにレトロな味わいがある、などといわれるが、本当は違う。紙を凹ませず、文字をくっきりと掠れなく刷るのが最良の仕事とされる。ぼくはそのことを嘉瑞工房から教わった。髙岡さんの印刷したものを見ていると、文字が浮かびあがってくるようで見飽きない。

数年前、名刺の印刷をお願いに行ったとき、昌生さんの父、先代の髙岡重蔵さんもいらした。どんな名刺にしようか悩んでいると、重蔵さんがこう言った。

「裸になりなさい」

名刺で何を伝えたいのか、裸の気持ちで考えること。それから服（細かな情報）を着せてあげること。ふっと霧が晴れたように迷いが消えた。

最近この言葉をよく思い出す。働き盛りのいまのうちにやりたいことが、あれもこれもと浮かんでくる。でもありったけの力を注ぎ込み、何かを成し遂げるなら、自分の道を見据えなくては。

あのときの言葉を思い出し、いまあらためて自分が裸になる必要を感じている。迷いを抜けて道を進むために。

言葉と出会うための言葉

詩を書く上で大切にしている言葉がある。
多くは、先達の詩人や、
尊敬する表現者たちから受けとったものだ。
どの言葉も勇気や知恵や
愛に満ちていて、まぶしい。

神は細部に

詩を本格的に書きはじめたのは三十一歳の冬だった。それから一年ほど経ったあるときふと、ほかにもどこかに詩を書いている人はいるんじゃないかと探してみたら、インターネットというのは便利なもので一瞬にして見つかった。

『詩学』という詩の月刊誌が主催するワークショップが当時あり、思いきって行ってみると、自分と同じように詩を書いている人たちに会えた。そこで講師をしていたのが、詩人の佐藤正子さんだった。

ワークショップに持っていったのは、のちに第一詩集の表題作になる「心を縫う」

という詩。その詩を、佐藤さんは温かく受け止めてくれた。おかげでそれからいまに至るまで、どれほど励まされ、支えられてきたか知れない。

なぜかわからなくもないけれど、ぼくの詩はよく頭ごなしに否定される。「こんなものは詩じゃない」「おれは認めない」云々。それでも何を言われようとたいして気にしなかった。

誰に頼まれたわけでもなく、誰のために書くわけでもなく、ただ書きたくて書く詩というものを、ほかの誰にも譲り渡したくなかった。何よりも自由でありたかった。ただ、もし不遇ばかりが続けば、きっと辛かっただろうとは思う。でもぼくの心には、佐藤さんがいてくれた。ぼくが歩む道だってひとつの詩の道だと、いちどでも告げられれば十分で、あとは好きに書けばいい。自分を全面的に肯定してくれる人に出会えたのは、つくづく幸運なことだった。

佐藤さんが語ってくれた話は、いまも耳に残っている。たとえばこんな格言を、くっきりと宙に文字を書くように声に出すさまからは、詩への愛がありありと感じられた。

「神は細部に宿り給う」

詩の一行、一句、一語、一音から余白に至るまで微に入り細に入り磨きあげたとき、詩は生まれる、とそんな話をする佐藤さんの声には詩作の喜びがあふれていた。

はじまりが祝福に満ちていたことは、その後のぼくの詩の歩みに大きく影響したと思う。誰かに無条件に受け容れられるとき、人は伸びる。この信念は、ぼくが身をもって、佐藤さんから授かったものだ。

心を縫う

やさしい言葉が心を縫う
ほんとうの想いが心を縫う
あなたがぼくの心を縫う
ぼくがあなたの心を縫う
ようやく息をそっとつける

ほっと息をついてその息は体からもれていく
心にあなが開いてたあいだは
息をしたくても胸からぬけでて
うまく息ができなかった
ぼくのあなたの心の穴
あなたがぼくが縫っていく
穴から息がぬけていかないように
ちゃんとほっと息をつけるように
ふかくふかく息をすいこめるように
ながくながく息をはきだせるように
縫い痕がまた開くからと
ゆっくり息をすってゆっくり息をはいて
心の縫いめがだんだんに心になじんでくる
縫われながら心はあたらしく呼吸していく

しなやかに弱く

詩に向きあうとき、大事にしている言葉がある。

「しなやかに、弱く」

詩人の貞久秀紀《さだひさひでみち》さんが、ぼくの第一詩集の書評に書いてくれた言葉だ。

以来、このようでありたい、と心に留めながら、たびたび踏み外してしまう。怒りに駆られて、頑《かたく》なに、強く、突き進もうとしてしまう。そんなことをしても、不毛な結果が待つだけなのに。

最近は少しだけわかってきた気がする。自分の心がどんなときにしなやかでいられれるか、どんなときにこわばるか。どういう感情にとらわれたら、力押しの強さばかりを求めて、弱い自分を忘れてしまうか。

何かひどいできごとが起きたとき、それに対して心のままに怒りを覚える自分を肯定したい。怒りはけっして悪いものではない。ただ、怒りのさなかにあっても、心の力は抜いていたい。憎しみを募らせて荒ぶる代わりに、問題の根を見つめ、絡まった状況の糸を解きほぐせる、心のやわらかさを保ちたい。

貞久さんという詩人が、まさにそんな人だと思う。

晴れた日にたまたま電線があり、ゆれているならば、何があったからゆれているのかといぶかり、これから何がおきるのかとはなぜ思わないのだろう。

これからゆれ止むのにすぎないとしても。

（貞久秀紀「希望」より）

とそんなふしぎな発想をいつもする。とらわれのない雲のような心で、つぶさに小さなものごとを見つめている。

どんなに大がかりな仕掛けも、ひどいわるだくみも、細かく張りめぐらされた思惑の糸で織り成されているものだ。その一本でも二本でも解きほぐすことができたなら、あやとりの手品のようにするすると種は明かされ、権力の砂の城はあえなく崩れてしまうのではないか。

詩とは何かもわからず、ただぼくはやみくもに第一詩集の詩を書いた。そんな言葉に一条の光が当てられた、そのときの思いは忘れていない。

心がもっとも怒りに打ちふるえるときに、ぼくは自分に言い聞かせられるのか。そうありたい。心がしなやかさを忘れないなら、いくら力に踏みつけられても、風の、蝶の、水のしなやかな弱さで、心は何にもとらわれず自由だろう。

使い慣れた言葉で

詩のワークショップへ行きはじめて二、三回めの頃だったと思う。いまからふり返れば、まだ自分の詩のことも、詩をどう書くのかも、うすぼんやりとして、よくわかっていなかった。そのときは、いつもとまた違った詩を持っていきたくて、ちょっと気取った詩をワークショップの場に出した。

そういうことって、ある。まだ新しい世界に飛び込んだばかりで、右も左もわからないとき、不安だらけになる。自分にはどんな詩が書けるんだろう？　何が「いい詩」なんだろう？　もっと違ったものも書いたほうがいいのかな？　……とそんな小さな疑問で、頭も心もいっぱいになっている。

もちろん手厳しい批評に遭った。そのときの講師の詩人が、こんなことを言ってくれた。

借り物ではない、自分の言葉で書きなさい。ふだんから使い慣れた言葉を、友だちと話すときのような言葉づかいを。どこかの本から引っぱり出してきたような言葉ではなくて、と。

ああ、そうか。そっちなんだ、と思った。

その頃は、とにかく思い浮かぶかぎり手当たり次第に、自分の中から出てくるいろんな言葉の引き出しを開けてみようとやっていたから、自分の言葉で、と言われ、ふっと頭の中の渦巻きが鎮まり、行くべき方向が定まった。

それまでは、どこかよそに、詩らしい詩、詩にふさわしい言葉というものがあるんじゃないか、と心のどこかで思っていた。だから、ふだん自分が書き慣れていない言葉を、あえて使って詩を書くこともあった。でもそうじゃないんだ。ふだん使っている言葉がいいんだ。そっちで書け、と言われて、なんだか足元に落ちていた小石が、じつはずっと探していたものだったんだと気づかされた瞬間だった。

そう、あとからふり返れば、あのときだったんだ、とわかる。その詩人の言ってくれた言葉がきっかけになり、とにかく片っ端から書いていた詩の中の、どれがぼくの言葉で書いた詩で、どれが違うのか、だんだん見分けがつくようになった。

この言葉をくれたのは、徳弘康代さん、という詩人だ。

なんとなくだるくて、ちょっと熱っぽいんですけど、と学校の保健室に行ってみたら「ちょっと、カゼじゃない！　寝てなきゃだめでしょ」と、薬をくれて、ベッドで休ませてくれるような、厳しさの中にやさしさのある言葉を持つ人だ。

それからというもの、自分にとって使い慣れた言葉で書くようになった。これが自分の詩なんだ、と水に浮いて泳げるようになった感覚で、詩を感じられるようになれた気がする。

と、それはいいのだけれど、ぼくが自然だと感じる話し口調でせっせと詩を書いていたら、そうなったらそうなったで、ほかの人からやいのやいのと批判めいたことを言われるようになったりもした。だけど、それはまた別の話。自分の言葉でいいんだ、といったん思えたら、雑音は気にしない。

簡単なものが難しい

谷川俊太郎さんと夕食をともにしたことがある。こう書いてみて、いまでもびっくりするぐらい、そのときびっくりした。小学生のとき、新幹線の車中で巨人軍の王貞治選手を見かけたことを思い出す。でも王選手とごはんを食べたことはない。谷川さんとごはんを食べた。信じられない。

それは、一冊一冊ていねいに手仕事で本づくりをする美篶堂《みすずどう》という製本工場が、手製本の仕方を指南する『はじめての手製本』という本を出版したお祝いの席だった。

美篶堂の歩みをぼくが物語に書き、本の帯を谷川さんが書いた。それでご一緒したのだけれど、テーブルをはさんで目の前にいるのは、ぼくが幼い頃に惹き込まれた『ことばあそびうた』を書いた詩人だ。出張が多くて留守がちだった父が、ある晩、寝る前に読んでくれた。こどもながらにも、読み聞かせている父自身がおもしろがって詩を声に出しているのがわかった。あの本からどれほど豊かに、言葉の楽しさ、リズム、意味と響きがひとつになる詩のふしぎさなどを教わったことだろう。

会食は和気あいあいとした雰囲気で進んだ。そしてそろそろお開きに、という頃になって、谷川さんがぽんっと言った。

「そう。簡単なものがいちばん難しい」

詩の話をしていたときだった。聞いた瞬間、ぼくはこの言葉を聞くために今日この場にいたんじゃないかと思ったぐらい、まっすぐに深く入ってくる谷川さんの声を受け止めた。それは、一人の詩人が見つけた真理だと思う。たしかに話として珍しくはない。でも、大事なのは珍しさじゃない。真理はいつも当たり前の顔をしている。もちろん、中身も当たり前のことだ。そしていつまでも味わえる。

けなすのは簡単

学生時代、ある教授からこんな話を聞いた。

「本を読んで、それを批判するのは簡単なんです。むしろ、いいところを見つけて評価するほうが力量がいるし、読書が自分のプラスにもなります」

粗探しをしたり、揚げ足をとったり、重箱のすみを突ついたり。そんなふうに本を読んでも、得るものはない。でも、自分の知らないことや、別の視点、自分とは違う考え方、思いがけない発想など、何かひとつでもふたつでも見つけられれば得るものがある。

「できたら、いいところを見つけたとき、それを言葉にできるともっといい」

とも言っていた気がする。

実はぼくが詩のワークショップをするとき、その教授の言葉を大事なルールとして採用させてもらっている。参加者がそれぞれ書いた詩の感想を、お互いに語り合うのだけれど、ぼくは最初にこう伝えることにしている。

「この詩を読んで、いいなと感じたことや、ハッとさせられたところを、書き手に伝えてください。できれば、他の誰も言わなさそうなことを見つけられたら、なおいいです」

しようと思えば、詩の批判なんていくらでもできる。たとえば、ある朝の風景の詩を、日常の細やかな機微を捉えていると肯定もできるし、よくある身辺雑記にすぎないと否定もできる。裏表のコインみたいだけれど、それって詩にかぎらない気もする。

ただ、一篇の詩を受け止めて正当に評価するのは、そんなに簡単じゃない。さまざまな角度から読んで、味わって、考えて、どうかな、こうかな、といろいろな視点から自分自身の読みを立ちあげる。そして、何か言葉にする。

詩を読むことは、詩を書くのと同じくらい、創造的なことだとぼくは思う。詩はいくらでもいろんな読み方で楽しめるものだから、読み手が感じるままに詩を読んだとき、その人にとっての詩がそこで初めて生まれる、といってもいいほどだ。

ふしぎなもので、そうやってみんなでほめ合っているだけなのに、回を重ねるごとにそれぞれの詩がぐんとよくなっていく。もともと伸びる息吹きを蓄えていた若葉が、日を浴びて、風にそよいで、雨を受けて、どんどん大きく育っていくように。ほめるっていうエネルギーは、受けとる人だけじゃなくて、手渡す人にもプラスに作用する栄養になるのかもしれない。

けなすのは簡単。ほめるのが大事。自分にとっても、相手のためにも。

いかに素晴らしいか

「けなすのは簡単」と書いたものの、どうなんだろう？　と思うのは、批評の役割だ。けなす、ほめる、ということと物事を批評することとは、やっぱり違う。

究極Q太郎さんという詩人が、こんな話をしてくれたことがある。

「批評って何だろう？　というときに、ぼくが思い浮かべるのは、ある映画のことなんです。なんていう映画だっけなぁ……その映画の中で、主人公は、恋人の書いた小説がいかに素晴らしいかを、何枚も手紙に書いて、出版社に送るんです。ぼくはそれが批評というものなんじゃないかな、と思っています」

まだ海のものとも山のものとも知れない作品に、最初に光を当て、その作品がどのようなものか、どれほど素晴らしいかを世の人に知らせる仕事。それが批評じゃないだろうかと究極さんは言った。

それには、とても勇気がいる。

へたにほめて、もし「あんな作品を評価するなんてわかってないな」なんて言われたら、自分の評判を落としてしまうだろう。それよりも、すでに箔が付いている作家の新作を、ほどほどに評しておくほうが無難だし、格好もつきやすい。

そもそも既成のものとは違う、全く新しい作品というのは、それを評価するための基準がまだ存在しないわけだから、真っ先に「これは素晴らしい！」と説得的に語ろうとすれば、批評家の力量が問われることになる。

だから誰でもできるような仕事じゃない。それに誰もがやりたがる仕事というわけでもないんじゃないだろうか。その分野の見識を深く広く有しながら、既成の観念や価値観に縛られない知性や感性をも併せ持つ必要があるのだから。

ちょっと、それは自分にはできそうにないな……とひるんでしまいそうになるけれど、究極さんの言葉をまた思い出す。

「恋人の書いた小説がいかに素晴らしいかを……」

そうだ、愛だ、と気づかされる。恋人のための身内びいきで動くんじゃない。本当に素晴らしい作品だと心から信じているからこそ熱弁を奮《ふる》うんだ。それでも、そうであっても、やっぱり、そこにあるのは愛だと思う。

自分は感動した。だから誰かに伝えたい。知ってほしい。分かち合いたい。こんなに素晴らしいものが、世の中にあるんだっていうことを!

そんな作品への愛、書き手への敬慕が、批評という仕事の原点にあるのではないだろうか。だとしたら、自分の心を揺り動かした作品に対して「これは素晴らしい!」と声をあげることなら、ぼくにだってできるんじゃないか。誰に恥じることもなく。

(ちなみに、究極さんが挙げた映画の題名は『ベティ・ブルー』。ワークショップの場で、誰かがすかさず言い当てた。いちど観たら忘れられない、鮮烈な愛が描かれた映画だ)。

数が全てじゃない

じっくりと時間をかけて自分の心に耳をすまし続けると、だんだん浮かびあがってくる心情がある。「ああ、これは本当に好きな音楽だ」とか、「なんだろう……この絵はとても気になるけれど気になる理由がよくわからないな」とか、鑑賞した後のじわっとした余韻を大事に何度も味わっているうちに、もしかしてこれは！　とハッと気づく瞬間にやがて至ることがある。

すぐには判別がつかない。時間が経ってやっと見えてくる。そういう種類の作品があると思う。それは、個人的に作品と自分が深く結びついているか、見たことも感じたこともなくて、すぐには名づけられない感情を抱いたせいか、そんなときに起きるんじゃないかと思う。

鑑賞後のそうした余韻には、批評の種のようなものがある気がする。

映画であれ、グルメであれ、日用品であれ、何かに対してまだ誰も何もコメントしないうちに（ネットを検索しても口コミやレビューがまだ出てこないときに）、真っ先に声をあげるのは、こわいな、ドキドキするな、という気持ちはもちろんあるだろうけれど、そこを思いきって言ってしまうと意外と「同感！」、「自分もそう思ってた」「参考になった」なんて声が続いたりする。

大事なのは、自分の心がどう感じたかだ、とあらためて思う。好きは好き。いいはいい。おもしろいはおもしろい。感じたことに正直になるのは簡単で、なのに難しいのは、自信がないから。

でも、たとえば一冊の本を読んだとき、自分がいったいいま何を感じているだろうと、ていねいに心の余韻を見つめることって、とてもとても大事じゃないかと思う。自分の好きに読んで、正直に感じたとおりのことを話すのって、心がほっと自由になる感じがする。

純粋な心のまま熱く語る批評に出会えたときは、読むだけでわくわくしてしまう。詩集と批評は売れないと言われてずいぶん経つけれど、どっちも心に来るときの、その度合がすごいから、数だけが全てじゃないな、と思う。届く人には届くだけの、小さな声で語られるべきことだってあるんだ。

責任はとれない

まだ『詩学』という詩の月刊誌があった頃、編集長の寺西幹仁さんと飲んだことがあった。いつもはおっとりとした関西弁で話す、いいおっちゃん、という雰囲気の寺西さんだけど、詩の話となると、目を剝《む》いて熱弁するところがあった。

あれは『詩学』のワークショップ後の、飲み会でのことだった。後楽園のほど近く、白山通りと春日通りの交差点付近にある、こぢんまりとした飲み屋に入った。

最後まで残った数人で一テーブルを囲み、ビールやらサワーやら飲みながら他愛もない話に興じていたのだけれど、何かの拍子に、言葉で人を傷つけることがある、という話題になった。

「書いたものには責任をとるべきだ」

と、ぼくが言ったとたん、それまで黙ってにこにこしていた寺西さんが、質問を差し向けてきた。

「責任をとるって、どういうことですか?」

「自分の発言で起きた出来事は、それが何であれ引き受けるべきです」

とぼくは答えた。

「そんなことをしても、相手にとっては何の埋め合わせにもなりません」

寺西さんは首を横に振った。

しばらくやりとりした後、きっぱりと断固とした口調で寺西さんは言った。

「責任はとれない」

言葉が人を傷つけることはある。もう取り返しがつかないことにもなりうる。書き手には責任などとることはできない。何をどうしようと、誰かが傷つき、ダメージを受けた以上、すでに起きてしまったことをなかったことにはできないのだから。

それを覚悟して書くべきだ、と寺西さんはぼくに突きつけてきた。

同じ晩、寺西さんは夢を語った。いつか書きたい詩があるんだ、と。

誰か一人でも、この世界に不幸な人がいるかぎり、自分は幸せを感じられない、と寺西さんは言った。だからこそ、それを読んだら誰もが幸せになれる詩を書きたい。一生に一篇でいいから、そういう詩を書きたいんです、と寺西さんはきらきらとこどものように目を輝かせながら話してくれた。

寺西さんが『詩学』の編集をするようになってから、紙媒体だけでなく、インターネット上で発表される詩（当時はネット詩と呼ばれていた）にも目が向けられるようになった。『詩学』でネット詩が特集されたことが大きな要因だったと思う。

最初は一人きりで、ただ個人的な楽しみとして仕事の終わった深夜に詩を書いては、自分のホームページにアップするだけだったぼくが、ある日、ネット上で『詩学』という名前を目にし、『詩学』のサイトに辿りつき、たまたま家の近所で毎月ワークショップが開かれているのを知り、参加するようになった……というのが、ぼくの目から見た、詩の世界との関わりはじめなのだけれど、ちょうど同じ頃、寺西さんが編集に携わる『詩学』のほうでも、インターネット上で活動する詩の書き手に広く門戸を開きはじめていた、という背景があった。

一人でやってきたつもりでも本当はそうじゃなかった、というのはよくあることで、ぼくが歩いてきた道は誰かによって地面がならされていたのだと、ふり返ったときに知る。ぼくの詩の道を地ならししておいてくれたのは、寺西詩学だった。

二〇〇七年に『詩学』がなくなり、同じ年に寺西さんが亡くなられた。初めてワークショップに行ったのが二〇〇三年だったから、五年間のことだ。わずか、と言えなくもないその五年間は、ぼくにとって深い意味を持つ濃密な時間だった。

ピョンファルル
ウィーハーヨ

二〇〇九年の秋に、韓国の済州島を訪れた。「下には下がらない」（68頁）で書いたとおり、文化芸術の国際フェスティバルが催され、詩のプログラムにぼくも参加した。

そのとき、ミリンという学生ボランティアの女の子が、通訳として日本の詩人グループに付き添ってくれた。韓国語を話せないぼくたちにとって、ミリンにはとても助けられた。リハーサルの予定や運営スタッフとのやりとり、会場を移動するタイミングなど、ミリンが間に入ってこまやかに気遣ってくれた。

どうしてそんなに日本語ができるの？　と訊ねたら、日本のアニメが好きで、たくさん見ているうちに言葉を覚えてしまったという。アニメのキャラクターが日本語を喋り、画面の下にハングルで字幕が出る。それで自然に話せるようになった、ということだった。

ぼくは感心してしまった。ふだん映画やDVDを観ていて、英語のセリフを聞きながら日本語の字幕を読んでいるけれど、ちっとも英語を話せるようにならない。いったいどれほどアニメを観たんだろう？ どれだけ言語の習得能力が高いんだろう？とびっくりした。

（話は脱線するけど、二〇〇九年のぼくに教えてやりたい。きみの三歳の娘は十年後、韓流アイドルやドラマにはまって、どんどん韓国語を覚えていってるぞ、と。

沖縄には韓国からの観光客も多く、首里城に遊びに来た韓国人のお姉さんたちに、十二歳になったぼくの子は、

「かわいいね〜」

と声をかけられたらしい。

「コマウォ〜（ありがとう）」

とお礼を言ったら、お姉さんたちに「ちょっと！　あの子いま『コマウォ』って言ったよ」と驚かれたらしい。妻も韓流ドラマをよく観ていて、簡単な会話なら聞きとれる。ミリン現象だ。ぼくはまだカムサハムニダ（ありがとう）、チョンマルマシッソヨ（すごくおいしい）、タヨナジ（当然）ぐらいしかわからない）。

何はともあれ、日本語に堪能で、アニメが好きで、やさしく親切に通訳してくれたミリンのおかげで、緊張していたはずの詩の用件がだいぶ気楽になり、旅の楽しさがふくらんだ。その用件でちょうど調べたいことがあったので、ミリンに訊いてみた。

「『平和に』って、韓国語で何て言うの？」

言いかけて思いとどまったように口を結んで頷くと、ミリンはペンを取り、紙にこう書いた。

PYONGHWA《ファ》ルル Wi-Ha-Yo

それから、発音して教えてくれた。

英字とカタカナまじりで書いたのは、ぼくがわかりやすいように、という配慮からだ。ミリンが「HWA」まで書く間は、なるほど発音は英字で伝わるのか、と思って見ていたのだけど、突然「HWA」にアンダーラインを引いて「ファ」とカタカナで読みがなをふったので、驚いてしまった。ああ、通訳ができるってこういうことなんだ、と感じ入って、その字を見つめた。

使い慣れた自分の言葉の発音を、ほかの言語の文字に置き換えて伝える、という発想が、ぼくにはなかった。でもミリンは一瞬にして、ハングルで書いてもぼくには読めない、英字とカタカナだ、と判断して、サッと書いて見せてくれた。その英字とカタカナ混じりの手書き文字は、いまでもとってある。ぼくの宝物だ。

ピョンファルル……と発声しながら、きれいな調べみたいな言葉だな、としみじみ感じた。まるで歌のよう。ピョンとはねて、ファと開いて、ルルと響かせて、最後にゆったりと、ウィー　ハー　ヨ……とやわらかな音の余韻を残す。

詩は日本語で朗読したけれど、ミリンのおかげで、タイトルに添えたこの言葉だけは韓国語で言えた。リハーサルのとき、スタッフのいるほうから、おぉ、と声が漏れ伝わってきた。

済州島で、日本人が「平和に」と言えた義理か、という話はある。日本による侵略の歴史が、国と国の間に横たわっているからだ。ミリンが「平和に」という意味の韓国語を英字とカタカナで書いて手渡してくれたことに、さまざまに感じるものがある。

ぼくたちのことをいちばんに考えて、互いの言葉をわかりやすく伝えようと一所懸命になってくれたことや、二つの国の間をピョンと越えて、心を砕いてくれたやさしさ……。それらをあえて一言で言うなら、ここへ来て、ミリンに会えて、ほんとうによかったということに尽きる。

後日、ミリンは自分の望みを叶えて日本に留学してきた。いちど家にも遊びに来てくれた。たっぷりと日本語を勉強して韓国に帰り、いまでは本の翻訳の仕事をしている。そして時々インスタグラムに、自分が手がけた本の写真をアップしている。

遠くのそばに

——平和に

国境を背にして
北も東も
地つづきに
ぼくは
両手のひらで
きみにふれて

まわりくどく
話す時間が
ない　、て
つたえたい

ことを
ゆっくりで
話して

きみの
こえを
聞いてる
聞いてない
どっちでも
同んなじなくらい

だいじなことも
そうでないことも
同んなじに

放さないで

ねぇ
時間がもうないの
ううん
時間がないのは
いいん
だって　ね
いま　ほら
こうして

話して
話さないで
どっちもしないで

きみの
ぼくの
こえとか息とか
背にして

底が抜けてる

それまで数多の詩集を手がけてきたFさんという編集者に、いちど訊ねてみたことがある。

「この詩人は本物だ、と感じるのは、どんな人ですか?」

返事は即答だった。

「底が抜けてる人」

それを聞いたとき、常識とか作法とか空気とか善悪とか、そうした一切合財を吹き飛ばして生きる、とらわれのない詩人を想像した。といっても、大酒をあおって、一文無しの貧乏で、いつの時代の文士だ、というタイプばかりを言っているのではないだろうことも言外に感じられた。

つまり、こんなことしたら変に思われるかなとか、どうしたら一流の詩人になれるだろうとか、そんな心のブレーキやらハンドルやらを操ろうとしているうちは本物じゃないということだ。当たり前だけど。

中原中也はしょっちゅう店でけんかして、ほうぼうで出入り禁止を食らっていたというし、山之口貘《やまのくちばく》は沖縄から上京してきた学生の一か月の生活費を一晩で全部飲んでしまった挙句に「金は天下のまわりものだァ」なんて言い放ったというし、谷川俊太郎は親が亡くなった直後の家で妻と愛人との三角関係の渦中にいたと赤裸々に詩に書いているし。

底が抜けてるというのはそういうことなんだろうか？　そうと言えばそうなんだろうけど、エピソードというのも表面的なことで、本質じゃないという気もする。

規格外、破天荒、つかみどころがない、得体が知れない、ふつうじゃない、人外、怪物……とそんな言い方で人物を評することはある。それをFさんは「底が抜けてる」

と言った。

人間としての底って何だろう？　底が抜けた詩人は、人間社会の底を、さらにはるか下から見上げて詩にするのだろうか。それとも詩人の心の底が抜けると、途方もないスケールで物事を見るようになって、それは人間社会の底の底でもなくて、とにかくとんでもない視野からとんでもない詩を書くようになるのだろうか。ぼくなんかには想像もつかない。

含蓄の深い言葉だと思う。この言葉を追いかけてしまうと、却って底が抜けないだろうな、とも思う。詩人でも、詩人でなくても、きっと底が抜けてる人間はいる。

そんな大変な人間と詩を真ん中に置いて差し向かいになり、侃々《かんかん》諤々《がくがく》やりあった末に、ついには一冊の詩集にまとめる編集者もいる。底が抜けた本物の詩人が書いた詩に、心をふるわせる読者もいる。

万葉の心を持っている

贈られた瞬間に輝きを放つ言葉もあれば、何年も経ってからようやく、そこから発する光に気づかされる言葉もある。

この言葉を言われたとき、自分とはあまりにかけ離れすぎている気がして、それがどういう意味を持つものなのかわからなかった。ある詩人がぼくのことをこう言った。

「万葉の心を持っている」

そう言われても、ぼくはただあっけにとられただけだった。

マンヨウの心？　え、それってなんのこと？　まさか万葉って、あの古文とかに出てきた、あの万葉集のことだろうか？　と思いもよらない言葉を、自分とは遠いもののように感じるばかりだった。

万葉集の歌にどんなものがあるのか。その後少しずつ読むようになって、好きになった歌を一首引いてみる。

桜田へ鶴《たづ》鳴きわたるあゆち潟潮干《しおひ》にけらし鶴鳴きわたる

高市黒人《たけちのくろひと》

この歌の意味は、こういったもの。

桜田へ
鶴が鳴いてわたっていくよ
あゆち潟は潮が引いたのかな
浜辺にえさを探そうとして

ほら、鶴が鳴いてわたっていくよ

五七五七七の短歌はたった三十一音しかないのに、その短い歌の中で「鶴鳴きわたる」が二回も出てくるなんて、とふしぎに感じた。心を歌うわけでなく、誰かに恋を告げるようでもなく、ただ海辺の鶴を眺めているだけ。そこもまた心に残った。

東洋学者の白川静によると、万葉集の歌の中には、旅のさなかに通りかかる土地の神さまへお参りはできないけれども、せめてご挨拶の歌を贈りますというように、歌を詠み、土地と神を言祝《ことほ》ぐ文化があったのではないか、という。

するとふいに、鶴と海辺の情景の歌が、立体的に立ち上がってくる。そうか、風景を眺めながら、その向こうに土地の神への心が働いていたのかもしれない、と。

歌の音に耳をすますと、朴訥《ぼくとつ》な響きが感じられる。何か上手に言葉を操ろうというのではなく、ただ一心に眺め、あるいは捧げようという歌人の姿が見えてくる。そういうものが、ぼくは好きだ。心のありようのまま、言葉を発することだけを大事にする仕草だと思う。

いまも昔も、人が言葉に思いを込めることに、きっとあまり変わりはない。その込め方にさまざまあって、万葉集というものがどんな心根の歌を収めた歌集か、万葉の心というのがどういった意味なのか、少しずつ、少しだけ、わかってきた。

もちろん万葉集には四千五百首以上の歌が入っていて、それらをひとくくりにするのはずいぶんざっくりとした捉え方だし、歌を読むこちらが万葉集に何を見てとるか、という主観の投影にすぎないかもしれない。

だとしても、何を書くのか、いかに書くのか、というほんらい分けようのない二つのことを、仮にえいっと線引きして分けたとき、「何を書くのか」に重きを置くのが万葉ではないかと、いまぼくは思っている。

詩を書こうとする心が、書き表わされた言葉からあふれ出てしまうほどの「何を」が、テクニックや方法論などの「いかに」という詩の巧みさを飲み込んで押し流してしまうぐらい、歌いたいと欲する歌心のままに、詩を書こうと湧きでる詩心のままに生まれたような詩歌の姿こそが万葉なのではないだろうか、とそんなふうに理解している。

そしてそういう詩を、ぼくは書きたいと思う。

この言葉を贈ってくれたのは、久宗睦子《ひさむねむつこ》さんという詩人だ。一度だけお目にかかったとき、拙《つたな》いぼくの詩集を通して、自分ではまだ気づかなかった志の卵のようなものを見つけ、掬《すく》いとり、告げてくれた。そのとき贈られたこの言葉は、ぼくの詩の道をいまも照らしている、おそらくこれからも。

書くんだよ

いまは沖縄で暮らしているけれど、八年前の震災のときには東京に住んでいた。道路が波打ち、電柱が揺さぶられ、大きな余震が何度もぶり返し起きたのを覚えている。数日後には東京にも、放射能の雲が押し寄せた。

震災の三か月後に訪れた宮城の沿岸は、巨大な鮫に町がかじりとられたかのようだった。沖縄から東京、東北……と各地を旅しながら、住む場所によってこれほどまでに状況が違うのかと思い知らされた。

一日二十分しか外で遊べない福島の子らと、校庭で運動会をする沖縄の子ら。風が吹くとき、窓を全開にする島の学校と、窓を閉ざして少しでも放射能汚染を防がねばならない被災地の学校、そして閉めようにも地震で割れたガラスがそのままの建物。「窓」という言葉ひとつをとっても、意味がまるで違ってくる。

暮らしというものを根こそぎ奪われた人に、どんな言葉を手渡せばいいのか。どう詩を書いていていいかわからない。

それから数年間、詩を書くことが困難になった。

苦しんでいた二〇一三年の一月、画家のMAYA《マヤ》　MAXX《マックス》さんに東京で会える機会があった。

「詩が書けないんです」

ぼくがそう言った瞬間だった。

「書くんだよ」

とMAYAさんに叱咤された。怒鳴るのではなく、けれどそれ以上の凄みがあった。書けるから書くんじゃない。たやすくは書けないからこそ、何が何でも書くんだ。それが表現する者がやるべきことなんだ、とその一言のうちに込められた思いが響いてきた。

MAYAさんがそのとき本気で発してくれた言葉は、ぼくを点火した。書かねば、と心した。

もがくことしかできない。だったら、もがけ。手を動かし、詩へのわずかな取っかかりを書いては反故《ほご》にし、それから二年後、暗中模索の果てに詩集という形で出すことができた。

詩を書くというのは、時にギリギリの場所に立つことだ。その崖縁のような場所に立ち続け、言葉を発することだ。

MAYAさんがくれたのは、決意と覚悟だった。

はい不安です

あのとき詩が書けなかったのは、震災と原発事故が心に深い痛手を残したから、だけではない。

詩を書けなかったもっとも大きな理由は、おそれだった。

こう書いたらどう思われるだろうか。不用意に人を傷つけたり、誤解されたり、間違えたりするんじゃないか。まだまだ考えが至らないんじゃないか。そんなおそれから、詩を書くことをためらった。言葉を書く勇気がなかった。

安全だ、危険だと、相容れない意見がインターネットを飛び交う中、言葉を発しあぐねた。放射能の「ほ」の字も話題にしづらいほど「事を荒立てるな。空気を読め」と、異を唱える者の口をふさごうとする同調圧力は強かった。それはいまも変わらない。

さらに加えて、いま自分が享受している平和な暮らしにひきかえ、福島で人々が置かれている状況はなんなんだ、と引き裂かれる思いがあった。

コンテンポラリーダンサー康本雅子のソロ公演を観たのは、そんな葛藤の真っ只中にいた二〇一二年の夏のことだ。

不思議な振り付けと、軽やかに観客の予想を裏切る見たこともない身体の動きは、舞台から一時も目を離せないものだった。

終盤にあるセリフが入った。得体の知れないストロンチウムなどといったモノが東京にも来たらしい。何を口にしていいか悪いか判然としない。そんな疑念を吐露したあと、

「はい不安です。はい不安です。はい不安です。はい不安です。はい不安です……」

舞台上の康本さんはダンスのさなか、動作を伴いながら短い言葉を連呼した。

その光景を見て、身体表現の人がここまで言葉を発しているというのに、いったい

おれは何をやってるんだ、と思った。ほんらい言葉で表現するはずの自分は何を、と。歯がゆい思い、どうにかしなくてはという切迫感が胸に募った。島の家に帰り、それでも震災にまつわる詩を完成させるには程遠く、けれど書きつけていた詩の欠片《かけら》との取っ組み合いは、記録を見返すと、この頃に萌芽がある。明らかにあれは勇気だった。康本さんのダンスは、答えのない無明《むみょう》に心身をさらけだす身体表現のまばゆい光だった。

沈丁花が咲いたら

書かなければ、と強く思うことで自分を動かすことはできる。それでも、この言葉でいいんだと確信に至るまでのトンネルは長かった、どれだけ詩を書き、書き直しても。

そんなとき、東京で一人の布作家に会った。ｏｍｏｔｏの鈴木智子さん。ぼくが用事で出かけた神楽坂のお店で、布繕いのワークショップをしていた。福島のいわき出身で、いわきと東京に拠点があるが、震災後はいわきに重心を移して活動している、と言う。

ぼくと真逆だった。できるだけ遠く沖縄まで離れた自分と、原発から数十キロの町に戻った彼女。なぜその選択をしたのか。どのような思いで、何を考え、暮らしているのか。ぼくは自分の苦悩をぶつけるように訊いた。訊かないわけにはいかなかった。いわきに故郷があり、家族がいて、大事なものがたくさんあることが、相手の真摯《しんし》な話しぶりから伝わってきた。

わたしは、自分の意志で、いわきに住むことを選んだのだ。と彼女はこの通りの言葉を口にしたわけではないが、言外にその思いが痛いほど滲《にじ》み、ひしひしと感じられた。

ぼくが季節の花の本を執筆していると話すと、鈴木さんのお母さんの話を教えてくれた、「沈丁花が咲いたら、味噌を仕込む」と。

花はカレンダーとはまた違う季節を告げてくれる。その花は土の上に咲く。いわきの地には、その年その年のいわきの気候を感じて、沈丁花が咲く。

彼女の生きる姿が、ぼくの胸に落ちた。人間が、そこで暮らし、猛然と生きているのだと、確信できた。生きているのだ。自分も生きよう。そう肚がすわった。

燃えるような瞳で、いま起きていることをまっすぐに見つめ、自分の命を賭して、生き方を選び取る人がいる。自分もそうあるべきだろう。筆から迷いが消えたのは、それからだった。

詩集に収めた詩の一節を。

ひとりではないと
ひとりでいてはいけないと

まるで自分は
ひとりぼっちではないかのつもりで

むしろ
会って元気をもらうのは
いつもこっちの方だというのに

(「生きる」より)

完成度を下げましたね

ようやくできあがった詩集は、初めは『間口と風』というタイトルになる予定だった。すでにその名前で詩の雑誌に広告が出ていたし、本づくりの準備も進んでいた。ところが二〇一五年の年明けに、このままじゃだめだ、とぼくはタイトルを『生きる』（詩集の最後に収めた詩の題名）に変えたいと言いだした。

そして年末に受けとっていたゲラを大幅に直すことにした。やっぱりこの詩も入れたい、これも、これも、と言って何篇か追加したり、入稿してゲラ刷りされた詩を倍以上の長さに加筆したりして、本のイメージも構成もページ数も、がらっと大きく様変わりさせることにした。

編集を担当してくれたのは、当時『現代詩手帖』の編集長だったKさんだ。高熱で寝込んでいる夜に、ぼくがちょうど電話してしまったこともあった。にもかかわらず、すぐに対応すると言って、上京中のこちらの日程に合わせ、病み上がりに急遽打ち合わせの場を設けてくれた。

『生きる』という題だと他の詩集とかぶるから、詩の一節からとって『生きようと生きるほうへ』にしてはどうか、と提案してくれたのもKさんだった。

とにかく、その頃のぼくは気が狂ってるとしか思えなかった。

活字にする一言一句に至るまで、何度も何度も見直しては、本当にこれでいいか、もしこれで出版したとして、誰が読んで、どんな反応があったとしても、後悔なく、胸を張って、自分が書きましたと言えるかどうか自問自答していた。

いっぱいいっぱいのぼくに、Kさんは最後まで付き合ってくれた。

ゲラは七回ぐらいやりとりした気がする。本当にぎりぎりのところまで、ぼくが納得のいくまで、Kさんはつねにすぐそこにいた。真っ赤に赤字を入れて校正を戻しては、直ってきたゲラに、また赤字を入れた。季節は冬から春、初夏、そして梅雨に入っていた。

どうにかその年の七月に刊行できてから半年ほどが経ち、熱に浮かされたようなぼくの状態が落ち着いてきた頃、都内で詩のイベントをする話が持ちあがった。青山スパイラルの小さなホールで、Kさんと対談できることになった。

そのときは詩集づくりの顚末をあれこれと語った。できあがるまで七転八倒したという話になったとき、ぽろっとKさんがこんな言葉をこぼした。

「(あの詩集はあえて)完成度を下げましたね」

そうKさんが笑って言うのを聞いたとたん、この人は深いところまでわかってくれていたんだと感じた。

すでに形ができあがっているものをさらに大きく変えるというのは、つまりは、壊すということだ。せっかくできあがるところなのに、なぜ壊さなくてはいけないのか?なりふりかまわず届けたかったからだ。なりふりかまっては伝わらないと思ったからだ。

完成度というのは、別の言い方をすると、すでに見覚えのある形ではないだろうか。安心して世に出せる、できあいの器のようなもの。でも震災とその後に起きたことは、それまでに見たことのないい現実だった。それを書こうとしたら、できあいの器では済まない。

見苦しかろうと、体裁が悪かろうと、まとまりを欠こうと、ほんとうにこれだけ手渡せたら本望だ、という言葉を書き表わすことに必死だった。未知のできごとに直面したとき、完成度はいらない。出来のよしあしなんて、どうでもいい。何かわけのわからないものに取り憑かれて、突き動かされて、がむしゃらに詩を書くだけだった。

恥ずかしいぐらいでちょうどいい

ぼくは詩集を出すたびに「これは詩じゃない」、「お前の詩は認めない」、「発見がない」などと批判されることが多い。

好きに書いて、詩集という形で発表までしているのだから、何を言われようとそこまでがワンセット。そんなことを気にするよりも、もっとずっと大事なことがある。それは書きたいように詩を書くことだ。何を言われたってどこ吹く風の、自由な心で。

じゃあ、どうしたら自分の詩を書くことができるんだろう？

恥ずかしいぐらいで、ちょうどいいんじゃないかと、ぼくは思う。こんなこと書いたらバカにされるんじゃないか……とか不安になったら、まさにそのとき自分の言葉が生まれようとしている。たぶん、そう思ったほうがいい。

もし書いてみて、恥ずかしくもなんともなかったら、そっちのほうを心配するべきかもしれない。すでに誰か他人の目を気にして、無難に、いっぱしの形になるように、当たり障りなく済ませてはいないだろうかと。

誰の真似でもなく、新しく、他人と違ったことをしようとするとき、不安でたまらなくなる。お手本を探そうにも、どこにもない。他にやってる人なんていない。みんなはこんなのバカバカしくてやらないのかな？　と心細くなる。だから、やる。

どうせつまらないよなと自信がなくなって、つい引っ込めそうになる。そんな自信なんてなくていいから、つまらなくてもいいやと開き直って、でもぜったいに引っ込めない。恥ずかしいものほど、思いきって出してしまう。

つまらないとか、面白いとか、そんなの自分で判断しなくても、発表したら、それを受けとった人がそれぞれに感じたことを言うだろう。立派か、出来がいいか、上手いか、好かれるか、ほめられるか、評価されるか……そういうのは結果だから、つまり、後の話。それを書く前から気にすると、発想がしょんぼりと萎《しぼ》んでしまいそう。せっかく詩が生まれようとしているのに、もったいない。

詩はうんこだと言う詩人がいたけれど、わかる気がする。うんこなんだから、出そうになったら出さなくちゃ。そうすれば、すっきりするし、気持ちがいい。出来なんて気にしなくていい。恥ずかしいぐらいでちょうどいい。

「できた」と思うまで手を動かす

まだ東京の千駄ヶ谷に住んでいた頃、アートディレクターのセキユリヲさんのデザイン事務所に、月に三、四回ほど遊びに行っていた。セキさんがサルビアというものづくりの活動をしていて、ぼくもその活動に関わっていたときのことだ。

サルビアだから、三のつく日に行くねと言って、セキさんたちがデザインしたり、衣服を作ったり、職人の工房を訪ねたり、畑の雑草を抜いたり、その他いろんなことをするのを見学したり、一緒にやったりした。

その頃は代官山にデザイン事務所があり、セキさんたちはずいぶん遅くまで働いていて、カチカチとマウスをクリックする音だけが静かに部屋に鳴っているような、そんな夜もあった。

ちょうど『みづゑ』という美術雑誌のデザインを彼女たちが手がけていて、ある夜、作業しているマックの画面にミッフィーの絵や関連する写真などが映し出されていた。セキさんは、見開きごとにレイアウトを組んでいた。このイラストはこっちかな？　じゃあ、文章はこのへんかな？　だったら写真はこのあたりかな？　などなど、いろいろと配置を変えていた。

後ろで見ているぼくが、ああ、きれいにまとまったな、もうこれでできあがりじゃないかな、と思っても、すぐにそれを変えてしまう。そうやって、どんどん時間は過ぎていき、夜は深まっていく。やがて、これでよし、というように「ふうっ」とセキさんの肩から力が抜ける。雑誌のレイアウトが素敵にできあがっていた。

後日、ぼくはそのときのことを訊ねた。ふだんデザインしてるときってどんなことを考えてるの？　レイアウトって、きりがないようにも思えるけれど、どうなったら完成なの？

「『できた』って思うまで、手を動かすんだよ」

ことともなげにセキさんは言った。ずいぶんとうれしそうに、楽しげに。ちょっとやそっとの苦労なんてなんでもないんだよ、という熱量のようなものが、こちらに伝わってきた。

詩を書いているとき、ぼくもそうだ。ふと書きたくなったら、そのへんの紙とペンで書きつける。書き終えたらその場で、言葉にあちこち手を入れ、推敲していく。ちょこちょこと手を動かしては、読み返す。日を置いては、推敲をくりかえす。そしてあるとき、これでいい、と思えるところまで来る。

セキさんの言葉を聞いてからしばらくの間、詩の推敲をするたびに思い出しては心の中でつぶやいていた。「まだ『できた』ってところまで来てないな」とか、「あ、いま『できた』って思ったな」とか。

「できた」の5つのタイプ

「できた」と思う瞬間が訪れて、作品なり仕事なりが達成されるのは、その瞬間に至るまでに、アイデアや工夫や偶然やがんばりなどがさまざまに組み合わさって化学変化を起こすからだろう。ぼく自身の体験からでしか言えないけれど、「できた」に至るプロセスにも、いくつかのタイプがあると思う。

やみくも型

やみくもに、とにかく目の前のことに必死で取り組んでいたら、いつのまにかトンネルを抜けて「できた」というタイプ。

慣れもコツも才能も一切必要ないと思う。ただひたすらやる。自分に何ができるのか見当もつかないし、どこまで行ったらゴールなのか未知の状態だから、とにかく走り続ける。エネルギーがいる。がんばるしかない。

「トラブルは起きる」（49頁）で書いたけれど、初めて司法試験の短答式に合格したときが、まさにこの〈やみくも型〉だった。『日本の七十二候を楽しむ』を書いている間も、ずっと真っ暗な長いトンネルの中をひたすら進んでいる気分だった。

立春　初候　東風《とうふう》凍《こおり》を解《と》く

暖かい春風が吹いて、川や湖の氷が解け出すころ。

旧暦の七十二候では、この季節から新年がはじまります。

書きあがって、本になって、手にとって、ああ、できたんだ、と後からじんわり実感した。とはいえ〈やみくも型〉は、できるまでやればできる、という根性論みたいなところがあって、本当に大変。ぱたっと倒れてエネルギーゼロになるほど。体力や気力に自信がある人向きかも。

――ひらめき型――

ある瞬間にピーン！　とひらめいて、ワッと勢いづいて一気に書ける「できた」というタイプ。

いわゆる「降りてくる」感覚のこと。アイデアがすべて。面白がって、あれこれ考えていると、ふと浮かんでくる。

「天才はいません」（55頁）の話でふれたけれど、広告の学校で「右と左の違いについて書きなさい」という課題が出たとき、原稿用紙を縦書きでふだんと逆方向に、左の行から右の行へ書いた。

読みやすいほうが、ね。
でもやっぱり
右　へ
左　から
いま読んでくれてる方向が
逆から書いてみたり
たまにはこうして

こちらからお読みください

なんとなく〈ひらめき型〉は、頭の中にいっぱい引き出しを作っておくと、思い浮かびやすい気がする。関係ない引き出しと引き出しがつながって、ぽんっとできあがる感じ。「右と左の違いかぁ（左右の概念に関係ありそうな引き出しをがさごそする）……縦書きって右から左に書くなぁ（読み書きの引き出しをがさごそ）……あれ、じゃあ逆から書いたらどうなんだろう？（ふたつの引き出しがつながった瞬間）」とか。

頭の中には電流が走っている、というから、新しくアイデアを思いつくときって、新しい思考の回路が生まれて電流が走る瞬間なのかな？　なんて勝手にイメージしている。あっちの引き出しと、こっちの引き出しが、思いがけなく脈絡もなく回路としてつながる瞬間。そんなふうにイメージしてみたら……どうかな？

四六時中考えに考えてから、いったん別のことをすることもある。たとえば、うんうんと知恵をしぼって一日じゅう考えたあと、ぐっすり眠って翌朝起きたときとか、午前中いっぱい考えて、ふらふらになりながら昼休みにランチを食べに行く途中とか、そういうときにアイデアが浮かんだりする。ぐっと負荷をかけて、ふっとリラックスしたときに出やすいのかも。脳ってふしぎ。

からっぽ型

ふっと空白みたいな状態になって、すっと言葉の先っぽをつかまえたとたん、つ――――っと一本の糸を紡ぐように一息に書きあげて「できた」というタイプ。

〈ひらめき型〉と似ているけれど、少し違う。一瞬のひらめきよりも、もう少し長く状態が続く感じ。いったん頭や心をからっぽにして、何か向こうからやってくる言葉を次々受けとっていたら、いつのまにかできていた。と、そんなふしぎな必然性の流れの中にはまり込むのが〈からっぽ型〉。
たとえばこれは、ふと最初の一行が浮かんで、次の行、次の行、と書いてたらあっという間にできた詩だった。

おおかみ

もうぼくしごとなんかしたくないや
と
おおかみはないて

こぶたも、こやぎも、あかずきんちゃんも、
ほっぽらかして
ばりばりと
おせんべいをたべてしまいました

学生時代、ぼくは電車に乗ってるときに、よくぼーっと窓の外を眺めていた。沖縄でもぼんやりと波打際を眺めたりしてる。心や頭をからっぽにすると、たしかに向こうから何かがぽこんと入ってくることがある。

ゴールイメージ型

ある感覚が心に生まれて、その感覚をたぐり寄せるように、自分の中にある完成形のイメージを形づくる「できた」というタイプ。

サッカーにたとえたら、ボールを持った瞬間、ゴールまでのイメージができあがっ

て、それを逆算する感覚に近いのかもしれない。あいつがシュートを決めてくれるから、ラストパスを出せるあいつにボールを預けるために、自分がもう少し敵を引きつけてからパスしよう、みたいな。あらかじめ組み立てておいたプロット（あらすじ）に沿って書く、というのとは少し違って、あくまで心の中にゴールする瞬間のイメージが確としてあって、そこに向かって書く感じ。

ある程度の数をこなしたり、考えを突きつめたりして、自分のスタイルや方法論みたいなものができると、ゴールをイメージしやすくなるんじゃないだろうか。

自分の詩の書き方というのがぼくにもあって、その書き方で生まれた詩がいくつかある。ひらめきのアイデアでも、からっぽのふしぎな流れでもなくて、ああ、この感覚だなぁとたゆたいながら書いていく。慣れ親しんだ自分の詩、という感じがする。

外出

さぁでかけようか　というときにきみは
洗たく物とりこまなきゃ
屋上へ

もどってきて
こっちも用意ができて　家を出た
すぐそのあとで

両はしをひっぱられたみたいに
ほほを曲げて　口をひしゃげて
閉めようとする扉をとめる

どうしたの　とこちらがみると
右手をコートから出してみせて
てのひらに山盛りの洗たくばさみ

上半身だけ部屋にもどって
扉の脇にかけてある
いつもの袋へいれる音

扉をしめる　鍵をかける
回れ左をして
二人で階段を駆け降りていった

とにかく手を動かして、確かな言葉をひとつひとつ積み上げては直し、一歩一歩踏み固めるように進んだ先に「できた」というタイプ。

積み上げ型

やることは〈やみくも型〉とそれほど変わらない。違うのは、いつかきっとできあがると経験的に知っていることぐらい。ただただ一心に手を動かす。頭で考えるより、直感や手が、完成形を知っている。大変だけれど、続けること。いつかできる。

山之口貘は、一篇の詩を書きあげるために二百枚でも三百枚でも原稿用紙を費やし、推敲を重ねていく。沖縄県立図書館で推敲原稿の写しを見たとき、圧倒された。一行に、一句に、一語に、渾身の力を込めて吟味を重ねた跡がありありと窺《うかが》えた。

震災の後でどうしたらいいか思い悩んだぼくの詩集は〈積み上げ型〉だった。書きあげたとき、推敲原稿の山が千数百枚積み上がっていた。

大事な何が

新しく一年生になる子らが
自分で自分の雑巾を縫うことより
大事な何が人生にあるだろうか

泣きべそをかいて
子が途中で投げ出したくなったとき
やめる勇気も時には必要だけれど
いまやめたら中途半端なことしかできない子になるよと
親が真剣な顔で諭すほど大事な何が

光は中庭に降り注ぎ
昼過ぎまで降っていた雨が去っても

ここに降り注いでまだ消え去らないものを
誰も忘れないあいだ

一枚の雑巾が
その子の手に握られた針と
針穴を通した糸とでついに縫われたことより
大事な何がこの世の中にあるだろうか

二〇一三・三　いわきにて

自分が心底から何かを書こうとするとき、才能もひらめきもそこまで重要じゃないと思う（あればあったでいいし、なければないであんまり困らない気がする）。詩を書くのに、大切なのは才能じゃない。ただただ一心に書きたい言葉を見つめ、書き続ければ、書ける。生きている自分の姿がおのずと表われるのが詩だと思う。

ぼくの思いつくかぎり五つの「できた」のタイプを挙げたけれど、これは経験をもとにしただけのものなので、ほかにもいっぱい「できた」のタイプがあると思う。ぼくはそういう書き方をしないけれど、たとえばフレーズが思い浮かぶたびにメモしておいて、後からひとつの詩にまとめていくとか（そういうのって〈ストック型〉かな）。

それから〈ひらめき型〉＋〈積み上げ型〉とか、いくつかのタイプを組み合わせても行けそうな気がする。自分に合ったやり方で試行錯誤するうちに、きっと「できた」を感じられるはず。詩や言葉を例にしたけれど、何かの参考になれば、と。

＊

気づきを
くれた言葉

ああ、幸せってそういうものかもしれないなとか、
人を大事にするってこういうことだったのかとか、
人生の気づきをもらえる言葉と、
時に出会えてきた。もう感謝しかない。

とんかつ定食をいつでも

ぼくはアニメが大好きだった。ちょうど中学時代に『風の谷のナウシカ』が劇場公開され、ナウシカのマンガも、画集や設定集も、アニメ雑誌に載っている宮崎駿監督のインタビューなどまでも読み込んでいた。

中学三年生の秋に、宮崎監督が芸大の学祭で講演をするという話を聞きつけ、上野まで出かけたことがあった。もしかしたらぼくが一人で大学に立ち入ったのは、このときが初めてだったかもしれない。

会場になった講義室は、立ち見が出るほどぎっしりと超満員だった。登壇した宮崎監督の姿を見、その力強い声を聞くことができた。ユーリ・ノルシュテイン監督の『話の話』という幻想的なアニメーションが上映され、その作品がいかに素晴らしいか、宮崎監督が力説していた覚えがある。

会はよどみなく進み、何の拍子だったかは忘れたけれど、とんかつの話題になった。宮崎監督が大のとんかつ好きだということは知っていた。少年時代には、なじみの肉屋で脂身だけのとんかつを揚げてもらっていたという、こちらがたじろぐような逸話まで聞いたことがある。

そのとき監督はこんな話をした。

いつでも食べたいときに、とんかつ定食を食べられるほどのお金があるのが、幸せなんじゃないだろうか。お金がそれ以上あっても、それ以下しかなくても、不幸なのではないだろうか、と。

正確な文言ではないけれど、話の大筋はそういうことだった。

聞きながら、ぼくの頭の中には、町の定食屋が浮かんでいた。とんかつ定食もあれば、カレーライスもある、ナポリタンスパゲッティもある、エビフライやカニクリームコロッケもあるかもしれないし、そば屋と一緒になっている店かもしれない。

つまり、千円出したらとんかつ定食が食べられて、ちゃんと満腹になって、おつりも返ってくるくらいの感覚だ。それくらいの食事を、食べたくなったときには食べられるほどのお金があることが幸せではないか、と宮崎監督は言っていた。

時は一九八〇年代半ばで、日本がバブルを迎えつつある時代だった。泡ぶくのようなお金に世の中が踊らされることになるのを、宮崎監督は感じ取っていたのだろうか。学生に向けて、伝えたい思いがあったのかもしれない。

その後、バブルは全盛期を経て、ほどなく弾け、失われた三十年といわれる平成へと移っていく。

ぼくがとんかつ好きを公言するようになったのは、宮崎監督のこの言葉の影響もあるのかもしれない。とんかつは、あまり難しい顔をして食べるのには向かない。むしろ一心不乱にほおばっては、ごはんをかき込むように食べるのが最高だと思うから、食べてる最中にこの言葉を思い浮かべるわけではないけれど、ふだん生活していて、ふっと〈とんかつ＝幸せ〉の法則を思い出すことがある。

沖縄なら近所の定食屋で、とんかつ定食を六百五十円で食べられる。ぼくの懐具合では、毎日ホイホイと外食できるわけじゃない。ただ無性にとんかつを食べたくなるときがあって、そうなったら一も二もなく、サンダルをつっかけてのれんをくぐる。壁に手書きでずらっと並んだメニューを、ろくに見もしないうちに、頼むものは決まっている。

「とんかつ定食ください」

そう注文する。注文できる。幸せのさなかにいるのは、そんな瞬間かもしれない。寿司でも天ぷらでもステーキでもなく、わいわいがやがやと昼どきに大勢の人たちでにぎわう定食屋で、お腹をすかせながら、これから出てくるはずの熱々の揚げたてを待ちわびることができる。それを幸せというんだと、ナウシカの監督にぼくは中三のときに教わった。

コーヒーをこくんと飲む

ほんの短い間付き合っただけの彼女がいた。すぐにふられてしまったけれど。大学時代のことだ。寒い冬で、その年は大雪が積もった。一緒にコーヒーを飲んでいるとき、思い出したように彼女が言った。

「熱いコーヒーを飲むとき、のどが、こくん、というでしょう。それが好き」

そんな音しただろうか？　とぼくは首をかしげた。試しに目の前にある淹れたてのコーヒーを口にしてみると、熱い。こくん、とたしかにのどがいう。

いつもならちょっと冷めるのを待ったり、息を吹きかけながら少しずつ飲んだりするから、のどの「こくん」に気づかなかった。

でも、それだけのことだ。どうしてそんなささいなことを、何かの弾みにふと思い出すんだろう。いまではその人の顔も声も、記憶の奥のほうでおぼろになりつつあるのに。

コーヒーを飲めるなんて当たり前だと、ふだんは思っている。いや、そんなこと意識すらしていない。でもそれがほんとうは、当たり前なんかじゃないことも、頭のすみでは理解している。だからじゃないだろうか？

こくん、というその一言のおかげで、いま当然の顔をして口にしているコーヒーが、けっして当たり前のものなんかじゃなく、ここにこうしていられるのは幸せな日常なんだとあらためて実感させてくれるから、そのときの言葉を時々思い出すんじゃないだろうか。

コーヒーも、マグカップも、椅子も、テーブルも、ガスコンロも、やかんも、水も、ささいに思えるほど当たり前にあるもののありがたみなんて、いちいち意識していたら、おちおち肩の力も抜けないけれど、せめて淹れたてのコーヒーを飲む一口めに、時折ちらっと思い起こすきっかけでもないと、じつは全然当たり前じゃないささいなものたちのありがたみを、簡単に手放してしまいそうだから。

お弁当温めますか

大学を出て、司法試験のための浪人生活に入ると、がくんと人づきあいが減った。わずかな間、彼女がいたこともあったけれど、試験が近づくと会わなくなり、きちんと付き合うことはできなかった。

とくに五月からはじまる試験に向けて、年明けぐらいからは、ほぼ部屋と専門学校の往復だけになった。半月の間に人と交わした会話が、コンビニで弁当を買うときの、

「お弁当温めますか」

「はい」

の一度きり、ということも珍しくなかった。コンビニで弁当を買うやりとりが、そのときのぼくにとっては、他人に声をかけられ、相手の声を耳にし、返事をするわずかな機会だった。

そんなふうに日々を過ごしていると、半ば話し言葉を忘れそうになる。一日の勉強を終えて、夜部屋でウイスキーをちびちびと飲みながら音楽を聴く時間が憩《いこ》いのひとときだった。スピーカーから流れる歌手の声に、カラカラに乾いた地面が雨を吸い込むように聴き入った。

あるとき、専門学校の帰りに駅前の通り沿いの小さな弁当屋に寄った。ほとんど自炊していたけれど、たまに自分の作るものとは違った味が食べたくなる。定食屋ともコンビニとも違った、町の弁当屋の味が恋しくなることがあって、時々足が向いた。

そこは全部合わせても六畳ぐらいの小さな店だった。カウンターごしに注文して、しばらく待つと弁当ができあがる。アルバイトの女の子二人で店を回していた。

その日も朝から晩まで法律のことで頭をいっぱいにして、がしがしと論文試験の練習問題をひたすら解いてきた後だったから、すっかりくたびれて、ぼーっと放心状態だった。

「鴨南蛮ください」

ぼくが注文すると、少し沈黙があって、それから女の子のひとりがおかしそうに小さく息を噴きだした。あれ？　何かおかしなこと言ったかな……と思い返して気がついた。

「あ、チキン南蛮ください」

言い直すと、こんどは「はいっ」と女の子は答えて、てきぱきと弁当を作りはじめた。ぼくはたぶん顔を赤くしていただろう。そば屋じゃないんだから、と内心自分にツッコミを入れたかもしれない。でもそれくらいだ。話をしたわけでもないし、コロッケをオマケにひとつ余分に入れてもらったわけでもない。

なのに、そんな小さなできごとを覚えている。

ほとんど誰とも会話をせず、どっぷりと法学漬けの日々においては、弁当を注文するやりとりすら彩りだった。コミュ障とか、ぼっちとか、非リアとか、陰キャとか、そんないたたまれない言葉がまだなかった九〇年代の、なんとなく下町の人情味が残っているような、西武新宿線沿線の町でのできごとだった。

自分の言い間違えから生まれたやりとりに心を温められながら、できたてのチキン南蛮を提げて下宿に帰った。

気をつけていらしてください

演劇の脚本を書いている知人と待ち合わせをしたときのことだった。十分ほど遅刻してしまい、携帯電話から謝りのメールを送った。すみません、急ぎます、と伝えた。するとすぐに返事のメールが届いた。

「どうか気をつけていらしてください」

こちらは構わないから、無理せずにと、慌てているぼくを気遣う文面だった。それを読んで驚いてしまった。これまで待ち合わせをしていて、ぼくも相手から遅刻のメールを受け取ったことは何度もあったけれど、こんな返事をしたことはない。

「了解」「はいよー」「待ってるね」

だいたいそんな返事ばっかりだ。ぼくは恥ずかしくなってしまった。遅刻しているこちらを思いやる気持ちが、メールの短い文章にも満ちていたから。

これから会う相手が遅刻して来ようが、あくまで敬意と礼儀を持って応対できる姿勢を、液晶画面の上に浮かぶ文字にありありと見てとって、正直ぼくは物書きとしての格の違いに愕然としてしまった。

それまでは「〜してください」というのは、一見ていねいな言い方に見せかけて、ようは頼みごとや指示だと思っていた。それが、こんな素敵な使い方があったなんて。

以来、ぼくもこの「〜してください」を使うようになった。ほんの一行「ご自愛なさってください」と手紙やメールで書き添えるくらいのことだけれど、気持ちをていねいに言葉にすることは、短い数行のメールでもできるんだと思いながら。あの日に受け取った、驚きと温かさを思い出しながら。

荒らしてどうする

あるとき友だちと何かの打ち合わせをしていたら、その友だちのほうに電話がかかってきて、ぼくたち二人とも飲み会に誘われる、ということがあった。打ち合わせの最中だったから「終わったら連絡するよ」と相手に伝え、彼は電話を切った。誘ってきたのは、共通の知人グループだった。

そういえば、そのグループに関することで、ちらっと小耳にはさんだ噂があったな、とぼくは思い出していた。隣りにいる友だちもその話を知っていた。

打ち合わせが済んで、じゃあ、飲み会に向かおうか、というときに友だちは携帯電話を取り出した。ぼくは横から「あの噂のこと聞いてみなよ」と無責任に放言した。浮かれているとき、つい調子に乗ってしまうのは、ぼくの多々ある欠点のひとつだ。

電話をかけようとする手を止めて、友だちは軽い口調でぶっきらぼうに、

「これから行こうとしてる場を荒らしてどーすんだよ」

こら、とぼくをたしなめるように言った。ああ、たしかに。たしかにそうだな、とぼくは言われて、なるほどと思った。「場を荒らす」という言い方をそのとき初めて知った。しかも「これから行く場」というのは、自分がいまから楽しもうとしている飲み会のことだ。

面白半分にからかう性格というのは、こういうつまらないところで関係をだめにしたり、大事なものを傷つけたり損なったりするんだな、と自分の欠点がよくわかった。

ほんの一言でたしなめられ、気づかされてしまった。

耳にした噂というのは、たしかによくある話だった。でもそれで迷惑している人もいた。ぼくとしては口を挟まずにいられなかった、かもしれないけれど、それはただ場を荒らすだけのことなんだ、と友だちの一言がぼくの目を覚まさせた。

飲み会に誘われる。世話になる。なかよくなる。人とつながって、そのつながりが大事なものになっていく。そういうのって学生の頃とは、すっかり勝手が変わっていた。学校に行きさえすればいつでも顔を合わせられるような環境でも関係性でもなくなって、コミュニケーションのとり方も、人間関係の保ち方も、まるっきり違うんだということを、ぼくはわかっていなかった。

でも友だちは、現実的で、端的で、ちゃんと人を大事にするやり方を心得ていた。賢いふるまいってそういうものなんだと、ふだんは飄々《ひょうひょう》としているやつに教わった。

どーんと売れたら、どーんと落ちる

新潟にやわらかいくつ下を作っている小さな工場がある。その名も、くつ下工房。きくこさんという、くつ下づくりに熱い情熱と深い愛情を注ぎ込む人が中心になって、毎日くつ下を作っている。

エフスタイルのくつ下や、サルビアのくつ下も、きくこさんが腕によりをかけて作っているおかげで、ふくらはぎにゴムの跡が強くつくこともなく、やさしい履き心地になっている。とくに肌の弱い人には、くつ下工房のやわらかいくつ下はとってもいい。

そんなくつ下工房は、お父さんの代から長年アパレルメーカーの下請けとしてくつ下づくりをしてきたから、八〇年代バブルの勢いも、九〇年代不景気の大変さも、きくこさんは骨身にしみてよく知っている。

あるとき、きくこさんがこんな話をしてくれた。

「どーんと上がって売れたものはね、落ちるときもどーんと落ちるの」

だからものづくりをするときは堅実に。売れているものなら、前の年に比べて次の年には倍、次の次の年にはまた倍、というぐらいのペースで作っていけるのがいちばんいいいし、長く続くものだよ、と教えてくれた。

実感のこもったきくこさんの言葉は、いまでもよく覚えている。

アパレルのものづくりとは全然違うのだけど、ぼくはこの十年ほど、旧暦の七十二候カレンダーを毎年作っている。もともと友だちにカレンダー展をしようよと誘われて、展示するために作ったものだった。

最初の年に作ったのは、ほんの数十本ほど。幸い気に入って使ってくれる人がいて、次の年にもういちど作った。また使ってくれる人がいて、温かい声をかけてくれて、じゃあ、またやってみるかと三年めも作った。そんなふうに続けてきたけれど、倍なんてことは全くなくて、去年と同じ本数を作るか、ちょっとだけ増やして作るか程度のものだ。

それでも自分自身がものづくりに直接関わる、ほとんど年に一度の機会だから、カレンダーの時期が来るたびに、きくこさんの言葉を思い出す。

売れるものを、どーんと作る。売れなかったら、どーんと残る。それは何になるか？　ゴミになる。書店でアルバイトをしていた頃、雑誌を山のようにひもで縛って返本する仕事がいやでいやで仕方なかった。この雑誌たちは返本したら何になるんだろう、と想像するだけで辛かった。そのときのことも思い出す。

やわらかいくつ下を編むには、古い機械を大事にメンテナンスして、ゆっくりゆっくり時間をかけて編んでいく。たくさんは作れないから、たぶんたくさんは儲からない。それでもいい、と作り手のきくこさんたちの背中が伝えてくる。どーんじゃなくていい。ゆっくりと毎日作って、暮らせて、ずっと続けていけるのがいちばんいい。

心の中では別のことを求めている

まだ娘が小さかったとき、初めての子育てのプレッシャーで、ぼくたち夫婦はケンカばかりだった。同じこどもを育てていても、母親が抱える事情と、父親が抱える事情はまるで違う。

出産後のお母さんは骨盤が開いた後だから、ひと月は安静にしたほうがいいと聞いて、出産して一か月間は、ぼくが三食ごはんを作り、洗濯やそうじをした。それ以後も、こどもには布おむつを使っていたので、おむつの洗濯はぼくがした。赤ん坊を風呂に入れたり、なかなか子が眠れない夜に抱っこして外へ寝かしつけの散歩に行ったたりするのも、ぼくの役目だった。だから全く何もやっていなかった、というわけではないけれど……。

授乳ひとつとっても、昼夜を問わず三時間おきに赤ん坊の泣き声に起こされ、おっぱいをあげ、妻の睡眠は寸断されていた。産後の一か月が過ぎてからは、食事を作ったり、洗濯をしたり、ほとんど全ての育児も家事も妻がしていた。ぼくはぼくで、打ち合わせがあれば出かけ、締め切りがあれば仕事机に向かいっぱなしで働きづめだった。

結果、若い母親のほうに負担は偏り、疲労は積み重なった。ぼくたちはささいなことで、ボカン！　となった。

どうすればいいのだろう？　むやみな衝突はできるだけ回避したい。諍《いさか》いの種をひとつでも減らしたい。

そのうちぼくは、ひとつの法則を見つけた。皿洗いと風呂そうじ。そうした水まわりの家事を妻がした日は機嫌がわるくなる。

ぼくはそんな法則への対策に、水際作戦を思いついた。台所や風呂場という水際を、なんとしても死守しようと。原稿を書きあげ、やっとメールで送った午前二時でも三時でも、寝る前に皿は洗う。風呂そうじは必ずぼくがする。焼け石に水の場当たり的なもので、妻に負担が偏る状況を根本的に変えるものではなかったが、それでもやらないよりはと、ぼくは水際作戦を決行した。

忙しくて、つい水際の突破を許すと（どうしても、過密スケジュールで一週間ほど皿洗いができなかったりすると）、またボカン！　が来た。そのたびに、やっぱりこの作戦は有効なんだと再認識した。

そんな時期に、ある詩の集まりでこんな話をしてくれた人がいた。

「家にいて、小さなこどもとつきっきりでいるほうが辛いんだよ。外に仕事に行くほうは、そりゃ、いくら忙しいといっても、コーヒー一杯飲んで一息つくこともできるし、自分のペースで仕事もできる。でもね、家にいるほうは、こどもに合わせなきゃならない。自分のペースで動けないんだ。それに比べたら、外で働くほうがずっと楽なんだよ」

奥さんのことを大事にするんだと、その詩人は親身になって言ってくれた。

その人の詩を読むと、なぜそんなふうに相手のことを思える人なのか、なぜ物事の大事さの順番をわかっているのか、痛いほど伝わってくる。

その後も、ぼくたち夫婦の間からボカン！　がなくなりはしなかった。でもその詩人から聞いた話は、折にふれて思い返した。とくにケンカになって「こっちも仕事が忙しくて育児や家事まで手がまわらないんだ」と言い訳しそうになるときなどに。

「相手の言っていることを理不尽に感じるかもしれないけど、それは、表面的なものにすぎないんだよ。きみが何か理不尽なことを言われていると感じるとき、奥さんは心の中では、全く別のことを求めているんだ」

ぐうの音も出ないとは、まさにこのことだった。

その詩人は、松下育男。

やさしさというのは、何なのか。心は何におびえ、何にふるえるものなのか。相手の心のやわらかさを、けっして自分の枠にはめてはならないと深く心に刻んだ詩人は、やさしさとは何かを告げている。

ねえ
ゆだんしているとね　きみはきみを
たもてない

きみからきみが　ぼろぼろ
はがれてしまうんだよ　だから
きみには定期的な　てんけんと
ほしゅうが
ひつようなんだ

（松下育男「れんあい」より）

様子を見よう

初めてぎっくり腰になったのは、数年前の秋だった。押入れの奥から物を取り出そうと、身をかがめてグイッと重たい引き出しを引こうとした瞬間、腰に電流が走った。

このまま力を込めるとまずい、と咄嗟《とっさ》に手を離したものの、そのあとぐいぐいストレッチをして腰を伸ばしたり、指で押したりしたら悪化。

近々飛行機に乗って出かける予定があったのに、満足に寝起きもできない激痛に見舞われてしまった。

困ったところへ救いの手をさしのべてくれたのは、従妹だった。とってもいい鍼《はり》の先生がいるよ、と紹介してくれた。従妹自身、妊娠中に逆子《さかご》を治してもらったそうだ。藁《わら》にもすがる思いで、おそるおそる腰をかばいつつ向かった先は「しゃことんすはりきゅういん」。暖かい手をした、物腰のやわらかい先生に、小一時間ほど鍼とお灸をしてもらうと、帰るときには腰が、体がはっきりと軽くなっているのがわかった。たった二回通っただけで、身動きできなかった腰がどうにか座ったり歩いたりできるようになり、ぶじに飛行機に乗れた。

四十代に入って本を書く仕事をするようになり、生活の仕方が変わっていた。仕事部屋に一日中こもることも珍しくない。同じ姿勢で長時間机に向かいっぱなしで、意識しないとすぐ運動不足になる。

初めは要領をつかめず、本を書きあげると、必ず腰や肩を痛めた。気をつけたつもりでも、忙しいとつい体のことがおろそかになる。そして、またやってしまう。あわててしゃことんすへ駆け込む。

それにしても、なぜそこが痛みの芯だとわかるのか不思議なくらい、体の中の筋のピンポイントに、先生の鍼はすっと届く。ほとんど全く痛くないし、むしろ気持ちいい。

「よし、これで様子を見てみよう」

治療の最後に先生が声をかけてくれる。この言葉を聞くと、ちょっと安心する。自分の体が快方に向かっていることを感じながら。

日頃の心がけも大事だけれど、いざというときに頼れる場所は、かけがえなく大事。先生のおかげで今日も仕事に打ち込める。もう少ししたら鍼に行こうと思いながら、肩の痛みをだましだましやり過ごして、原稿書きの追い込みに集中できる。

冷やさない

一冊本を書きあげると、肩が上がらなくなったり、腰を痛めて動けなくなったりするのには、ほんとうに驚いた。コピーを書くのと、本を書くのとでは、からだの使い方が全然違うんだと実感した。短距離走と長距離走の違いという感じだ。

まるで本と肩、本と腰を、物々交換するみたいに引き換える。そのたびに鍼やお灸をしてもらって、なんとか健康を取り戻しては、次にはまた別の部位を痛めた。

初めて腰に、ガツンと魔女の一撃を浴びたときは、「しゃことんす」の先生のおかげでどうにか上京できた。

東京であれこれの用事を済ませたあと、帰る間際にこんどは新宿でスポーツマッサージをしている従妹のところに駆け込んだ。腰の位置を直してから、しっかりテーピングをしてもらい、おかげでひどい痛みもなく沖縄へ帰れた。ふう。

従妹には、ぼくがなぜ腰を痛めたのか、手にとるようにわかったようだった。

「お兄ちゃん、からだ冷やしたでしょう。ほら、手も冷えてる」

口ぐせのように従妹は言う。五分間でいいから、くるぶしまでお湯につけて足湯するだけでずいぶん違う。夏でもクーラーの効いた部屋でアイスやジュースばかりではいけない。くつ下を履くこと。ようは、冷やさないこと。親切な従妹がいろいろと教えてくれたのに、痛い思いをしないと、つい聞き流してしまう。

沖縄に来て、骨身にしみてわかったのが、この「からだは冷える」ということだった。従妹の言葉のありがたみに気づいたのは、何度か手遅れな一線を越えてからだ。腰が動かせないのも、肩が上がらないのも、こりごりする。泣きを見て、ようやく生活スタイルを変える気になれる。

やがて、晩酌よりも、白湯《さゆ》を飲むのが日課になった。

ただ、白湯を好きになったのは、とくに健康のためという理由ではなかった。単純においしい。しかもビールと違って、ストックを切らす心配もなければ、いちいち冷蔵庫でキンキンに冷やしておく手間もいらない。やかんに水を汲んで、沸かす。しばらくすれば、おいしい白湯が入る。

いまでは机に向かって書き物をしているとき、ほぼ必ずかたわらに白湯がある。夏でも冬でも変わらない。そして白湯をコンスタントに飲んでいると、いくら部屋にこもりきりで文章を書いていても、腰が痛くならないことに気づいた。どうやらお腹が温められて、腰を冷やさないで済むようだ。

〈からだを酷使する＋冷やす＝腰を痛める〉という図式を、ぼくはようやく理解できた。たまにしばらく白湯を飲まないで、冷たい炭酸水ばかり飲んでいると、ピシッと腰に軽い痛みの予兆が走る。あわててまた白湯に戻す。ああ、冷やすってこういうことだ、と気づかされる。

冷やすからよくないとわかっていても、どうしてもやめられないことが、あとひとつだけある。素足で過ごすこと。沖縄の冬はさすがに海風が肌寒くなるけれど、裸足では耐えられないというほどでもない。家ではTシャツに短パンに素足。出かけるときは、そのまま裸足でサンダル。この気持ちよさだけは、当分やめられなさそう。

もったいない

愛用している万年筆が、あるとき故障してしまった。キャップをくるくると回して開け閉めするペンなのだけど、ペン先の付け根のところにあるネジ切りの条《すじ》にいつのまにか亀裂が入っていた。

まだほんのわずかなヒビだったから、自分で気づいたわけではない。ある春先にその万年筆を買った店に立ち寄ったとき（上京するとちょくちょく立ち寄る）、ぼくのことを覚えていてくれて、店主の息子さんが声をかけてくれた。

「見てみましょうか？」

そう言っていつも万年筆の定期点検をしてくれるのだけど、そのときに亀裂が見つかったんだった。

思えば、このお兄さんには、買ったときからずっときめ細かな対応をしてもらってきた。このペンを選んだときも、何本かの万年筆を試し書きしつつ、なかなか決めらreずにいると、

「このペン先はどうでしょう?」

と彼は何やらごそごそとカウンターの裏からペン先を取り出した。書いてみると、細すぎず、太すぎず、ほどよい感じがした。なんとなく他のと違う感触があった。せっかくだからとそれを選んでみたところ、使いはじめて二か月ほど経った頃に驚くほど書きやすくなって、いまではけっして手放せない大切な仕事道具になった。

購入した万年筆は、無料でメンテナンスしてくれるのがその店のポリシーだ。だから訪れるたび、こちらから頼まなくても向こうからスッと声をかけてくれて、ちょっとペン先に触ったかと思うと、書き心地がさらにぐっとよくなっている、というのが常だった。

ところがその日は、お兄さんの顔がサッと曇った。

「首軸のところにクラックがありますね。まだ使えますが、半年ほど経つとインクが漏れてくるかもしれません。修理したほうがいいと思います。メーカー修理に出すので、二週間ほどかかりますが」

思いがけない話の展開に、ぼくはうろたえた。困る。それは困る。だって毎日使っているペンなのに……。聞けば、胴軸を丸ごと交換になるそうだ。仕方なく、いったん預けて店を出た。自分の一部と化していた道具が、ない。胸の片隅に穴が空いて、冷たい風がぴゅうっと吹き抜ける心細さを感じた。

夕暮れ、その店は午後六時に閉まる。時計を見ると、まだ五時前だった。間に合う。ぼくは用事を済ませ、もういちど店へ向かった。

「あれがないととても困るので、何か代わりの万年筆を……」

もしや同じ店で選んだら、同じぐらいの書き心地のものがあるんじゃないかと、ぼくは万年筆の並ぶショーケースをきょろきょろ見回しはじめた。そのときだった。

「もったいない！」

びっくりするようなことを、お兄さんが言った。

「いまここで直しますから、三十分後にまた来てください」

彼はきっぱりとした口調でぼくに言った。ほんらいはメーカー修理になるところを、こっちが本当に困っている様子や、数日後には沖縄に帰らなければならないことなどを察して、（ひょっとするとイレギュラーな対応かもしれない）融通をきかせてくれたんじゃないだろうか。

ぼくが新しい万年筆を買ったほうが、店にとってはいくらかの売り上げになるはずなのに、そんなことはまるで気にもしない様子だった。そこの店には、お兄さんたちが手作業で一本一本調整した万年筆が並んでいる。きっとどれを使っても書き心地がいいはずで、たとえ買い足したとしても、ふつうに考えればけっしてもったいなくはない。

ただ理想をいえば、いま愛用している万年筆がすぐに直って使えるのが、もちろんいちばんありがたいに決まってる。だってぼくが使い込んで、ペン先を自分の書き癖になじませて、すっかり自然な書き味になっている特別な一本なのだから。そういうことも、お兄さんにはよくよくわかっていたのだろう。

三十分後、ボディが交換され、しっかりと調整までされた、ぼくの万年筆が戻ってきた。心の底から安堵して、たまらない喜びやありがたみを感じて店を出た。

いったい「もったいない」って何だろう？　いまの世の中、そんな言葉がまだ生きていたんだ。買って終わりじゃないんだ。一本でも多く売れればそれでいいじゃなく、使っている人のために道具があるという幸せな関係を支えてくれる店があるんだ。

その店との付き合いは、一本の万年筆を通した約束であり、関わりなのだと感じた。誠実で、実直で、そして矜持《きょうじ》のある店だからこそ、いざというときの駆け込み寺にもなってくれる。

ぼくが買ったのは、インク壜《びん》からインクを吸い上げるタイプの、黒い重みのあるペリカンの万年筆。そんな本格的なものを手にしたのは初めてのことだった。先日も店に赴き、オーバーホールしてもらった。

「なめらかな書き味ですね」

と一言かけてもらうだけでうれしくなる。

　万年筆は言葉を書くための商売道具だから、つねにちゃんと健康管理を欠かせない。信頼の置ける店というのは、ずっとこまやかに面倒を見てくれる、かかりつけのドクターのようだ。その店は神保町の表通り沿いにある。その名も、金ペン堂。昔気質の店だ。

噂を信じない

　高校に上がった初日のことだった。担任の教師が、最初のあいさつでこう言った。

「ぼくは噂を信じない。自分の目で見て、耳で聞いて、直接確かめたことだけを信じる」

唐突すぎる言葉だった。クラスの連中とはその日初めて顔を合わせたばかりだったし、何か噂にまつわるトラブルが持ちあがったわけでもなく、この教師は何を言ってるんだろう？　と、とんちんかんで的外れに感じた。

でも噂のたちの悪さを、ぼくはあっという間に思い知った。些細なはずのことから友情にヒビが入ったり、会って話せば済むことなのに、みるみるうちに問題がこじれたりした。高校を卒業してからも学生時代を通じて、噂というものが、ぼくの人間関係に大なり小なり影響を与え、つきまとった。

その後、司法浪人になり、ぱったりと人づきあいが途絶えたおかげで、やっと噂にふりまわされなくなった。時々耳に入ってくることはあったが、こっちは一年に一度きりの勝負に将来がかかっていて、それどころじゃなかった。社会に出てからも、早く一人前になるのに必死で、噂にかまける暇なんてなかった。毎日終電まで働いていれば、否も応もなく人間関係はシンプルになる。

三十代の半ばまでは、それでも時々ぼくなんかのところにまで噂が流れてくることがあった。そんなときには、こう言うことに決めていた。

「ナイショって言われても、口が軽いから全部喋っちゃうけど、それでもよかったら聞くよ」

そう言うと相手は困った様子で、たいていは話すのをやめてくれた。ただでさえ噂はめんどくさいのに、「ここだけの話だけど」なんて言われたら勘弁してとしか思えない。とはいえ耳にしたら、やっぱり気になることもあった。

最近はフェイクニュースが横行しているけれど、あれも噂と似たようなものかもしれない。


高校の担任は、歴史を教えていた。あの先生の言ったことは、正しかったと思う。噂は信じない。目で見て、耳で聞いて、身をもって確かめたことだけを信じる。それがいちばん。でもいったい、このインターネット全盛期の世の中でどうしたらそんなことができるんだろうか。

嘘も真実も入り混じった状況で、何を信じればいいのだろう。虚実を正確に見きわめられる自信なんて、ぼくにはない。

だからせめて、あの担任の言葉を忘れないでいようと思う。

たぶんこれからも、ころっと噂にだまされたり、ネットの情報に踊らされたりしてしまうのだろうから、せめて、ぼくが本当だと思い込んでいるこの話は、ネットや噂で聞きかじったことなのか、身をもって知ったり、直接確かめたりしたことなのか、そこだけは区別しておきたい。

ほめられたことではなくても

大学時代に受けた講義の中で（さほど熱心な学生ではなかったのだけど……）、くっきりと鮮やかに心に残っているのは刑法の講義だ。そのころはまだ司法試験を受けようだなんてゆめにも思わず、サークルの活動に夢中で、朝から晩までスカッシュばかりしていた。

大教室がこんなにぎっしり混み合うなんてめったにないのになあ、と首をかしげるほど、学生たちが毎回詰めかける講義だった。その教授は大事なところに差しかかると、ゆっくりとした口調で話した。噛んで含めるように一語一語区切りながら、まるで一人一人の学生の目の前に来て説得しようという熱い口ぶりで、くりかえし語った。

「刑罰は、人権を、侵害するものだから、謙抑的に、用いなければならない」

言われてみればたしかに、刑務所に閉じ込められることも、罰金を払わされることも、自由や権利が奪われることだ。でも悪いことをしたやつだから罰を受けるのは当然だ、ではない、と教授は話す。

自由や人権は生まれながらに誰もが持っていて、不可侵の大事なものだ。

ただし、盗まない、殺さない、ワイロをもらって不正をしない、などギリギリこれだけは守って暮らさないと世の中が立ちゆかなくなる、という最低ラインのルールとして刑法がある。抑えに抑えて、どうしてもというときだけ出番が回ってくるのが刑法なんだと、その教授は口をすっぱくして言った。

「たとえほめられたことではなくても、それが有罪に価するかどうかは慎重に判断しなければならない。なぜなら、刑罰は、人権を、奪うものだから」

その講義を受けるまで、ぼくは刑法というものを善悪で考えていた。悪いやつが罰を受ける決まりが刑法だと思っていた。

だが違った。刑法を考えることは、人間の自由をいかに守るかを考えることだった。歴史をふりかえれば、国家に楯つく者をかたっぱしから牢獄に閉じ込め、命を奪いさえした時代がある。もし刑法の歯止めがなかったら、権力が気に食わない人間を罰することさえまかり通る。

立派な人間だから、生きる資格があるんじゃない。たとえダメなやつでも、罪を犯した犯罪者でも、人間のクズでも、やっぱり人権はある。もしそうでなければ、神さまでもないのに人間が人間を選別することになってしまう。「お前はダメだから」「クズだから」「悪いやつだから」といって、アイ・アム・ルールブックだと胸を張る決定権者が他人のランク付けをしていいとか言われたら、ぼくはそんな世界でおちおち安心して暮らせやしない。「のび太のくせに生意気だ」というジャイアン理論まであと一歩、いや、あと半歩だし、「詩人キモい」と決めつけられて反論の場さえ与えられなかったらどうしよう。

そんなのは、ごめんだ。

あのとき刑法の講義を聞けてよかった。分けへだてなく人間の存在を肯定しようという断固たる理想論を、ぼくはひたすら浴び続けた。

亡くなった人は そばにいる

大学三年の秋に、友だちをなくした。親しい人の死に免疫がなかったぼくは、どんなに追いかけても、手をのばしても、もうその人が手の届かない場所にいってしまったという事実にショックを受けた。

そんなとき、仲間がこんな言葉をかけてくれた。

「亡くなった人は、そばにいてくれる気がする」

自分は高校時代に友だちを失ったけれど、いまも時々、その友だちが自分のそばにいてくれている気がして、生きていた頃よりむしろ近しく感じることがあるんだ、と話してくれた。

呆然自失となっているそのときのぼくは、その言葉が全く耳に入らなかった。そればかりか、苛立ちや怒りのようなものまで覚えた。そんなこと言ったって、実際にいないじゃないか、会えないじゃないか、何を言っているんだ、と八つ当たりのような気持ちになった。

そして十年ほど前、もういちど友だちをなくしたとき、学生時代のその言葉がしぜんと思い出された。

不意打ちのように、大切な人を失う。それが死の一面なのだろう。心の準備など、できるときばかりではない。悲しみに沈む中、ぼくは、亡くなった友だちの気配を、近くに探した。仲間たちとそいつの話をするとき、一緒に行った立ち飲み屋で献杯するとき、うまい日本酒を天ぷらやら刺身やらをつまみにしながら呑《や》るとき……、そいつもいまここにいるんじゃないかと考えた。

時は止まらない。悲しみは薄まる。傷は癒えるものは癒える。薄まらない悲しみもある。癒えない傷もある。

それでも、いまここにこうして生きている自分が、亡くなった友だちを思うとき、相手がそばにいる、と感じられるひとときがある。

人間というのは、いつ存在するのだろうか。死が訪れた後にまで、そばに感じられると、亡くなった人間を思うとき、その人はある意味で存在する。

死は尊い。生きた証として、生の尊さと等しい重みとして。受け容れなければならない。その人間を、ほんとうに大事だと心底思うほど、受け止めなければならない。彼の死があり、すぐそばにいると感じるぼくの心があり、彼はいつ存在するのだろうか。いまも心に存在する、という言い方はしたくはない。いまは存在しない、とも言いたくないし、それは違うと思う。

あのとき仲間がかけてくれた一言が、歳月を超えて、悲しみの日々に寄りそってくれた。

わが家の震災支援だ

　ぼくが初めて沖縄へ来たのは、沖縄返還の次の年、一九七三年の春だったそうだ。ぼくが二歳のときのこと。

　母の実家が首里にあるので、母と里帰りしたのかな、と思ったら違った。用事で上京した叔父が沖縄に帰るときに、一緒にくっついて行ったのだそう。

「明大、お前も沖縄に一緒に行くか？」

「うん、行く！」

といったやりとりで簡単に決まったらしい。それ以来、夏休みや正月に何度も遊びに行ったし、いつか一度は住んでみたいと思っていた。

けれど、まさか突然その日が訪れるとは想像もしていなかった。

「ただちに影響はありません」

とニュースで聞いて、背筋がゾワッとした。原子力発電所が立て続けに爆発している真っ最中なのに、危ないとさえ言わない、言えない、というあの雰囲気は何だったんだろう？

東日本大震災から五日めの、三月十五日に東京の家から叔父に電話をかけた。しばらく泊まりに行っていいか訊ねると、

「おいで」

と言ってくれた。その二日後に、妻と四歳の娘とともに羽田を発った。那覇空港に着いて、あの、むんとする湿度の高い島の熱気をからだで感じたとき、どれだけ安堵したことだろう。

後で聞いた話だけれど、叔父はそのとき息子や娘（ぼくのいとこたち）にこう話したそうだ。

「明大たちを受け入れるのが、わが家の震災支援だ」

だから叔父は、ぼくを二度、沖縄へ連れてきてくれたことになる。

島の人はやさしい、とよくいわれる。そのやさしさは、こんなところにあらわれるのだと、ぼくは自分の身をもって知った。どうして来たんだ？　いつまでいるんだ？　とそんなことは一言も聞かれなかった。

着いてみると叔父の家の居間には、ぼくの娘がまだ生まれたばかりの頃の写真が何枚も壁に貼られていた。

大きな地震が起きて、親たちがふだんと全く違う様子をしているのを幼いながらに感じていただろう娘は、その壁の写真に出迎えられた。どんな言葉をかけられるよりも、そのとき部屋に満ちていた雰囲気は一瞬で娘を包み込み、心のこわばりを解きほぐしてくれたのではないだろうか。

おかげでいまも、親子三人どうにか元気に島で暮らせている。そしていまでは、叔父は晴れておじぃになり、あの居間の壁にはおじぃによく似た赤ん坊や可愛い双子たちの写真が飾られている。

変えてもよかった

両親の結婚式のことは、ぼんやりと覚えている。ぼくが二歳のときに、父と母は横浜中華街のとある店で披露宴をした。大きな宴会場で、従兄たちや叔父と追いかけっこをして、ぼくはずっと笑いながらそこらじゅう駆けまわっていた。

二人は事実婚で、初めは籍を入れていなかった。だからぼくは生後二年ほどの間、母のほうの姓を名乗っていた。そして二歳で、父の名字に変わった。

実家で、その頃の思い出話をしているとき、父がぽつりと言った。

「おれが変えてもよかったんだけどな」

変えるというのは、名字のことだ。入籍して、二人は父の名字にするほうを選んだ。いろいろ考えがあったみたいだ。

そんな話はすっかり忘れていたのに、いざ自分が結婚することになって、その言葉を思い出した。さて、どうしよう?

ぼくの結論としては、両親は夫(父)のほうの名字にしたのだから、息子のぼくは、こんどは妻のほうの名字に変える番かなと思い、代わりばんこ、というルールを採用して、自分の名字を変えることにした。妻と相談して、そう決めた。

「白井」よ、さようなら。これからは、お前はペンネームだ。

婚姻届に記入するときも、役所に届出をするときも、愛着のある名字を変えることには一抹の寂しさがつきまとった。でも、そんな気分になるんだということに気づかないまま、妻が名字を変えるのがふつうだからという理由で、ぼくのパートナーにその寂しさを味わわせずに済んでよかった、とも思った。

というわけで、これまでの人生で二度、ぼくは名字を変えてきたことになる。バツ2。離婚歴なし。

なので戸籍に傷がつくという言い方って、ほんとにバカバカしいなぁと感じる。とくに離婚した人に対して言うのが、いやだ。その人の人生を侮辱するような言い方だし、ひとりの人間の人生より大事な戸籍なんてない。なくせばいいと心底思う。

で、ほんとうを言えば、パートナーとの関係をどうするかだけでなく、自分のこと、つまり詩のことも考えていた。

ぼくの詩は、自由な心から生まれてくる言葉のはずなのに、いざ結婚となったら妻になる人に名字を変えさせるのって、ちょっとそれってどうなんだろう？　相手に不自由を押しつけることになりはすまいか？　それで自由を大事にしてると言えるのか？　などなどなど。

日本では別姓を選べない。不便だけど女性が変えるべき、とくに理由はない、なんてことを無批判にやらかしてしまったら、もうぼくは「自由が好きだ」と胸を張って言えなくなるんじゃないか……とうっすらとした危機感を覚えていた。もしそうなったら、とても困る。じゃあ、どうしよう？？

と、そんな事情もあったことを付け加えておきまする。妻のほうの名字を選んだのは、自由な心で、これからも詩を書き続けたい、というぼく自身の幸せのためでもあったんです。

変わらない大事なもの

両親は共働きで、仕事から帰ってきた母が夕飯の支度までする。その大変さを、父はよくわかっていたんだと思う。食事が済むと、父はささっと全員ぶんの皿を台所に下げて、速やかに洗ってしまう。そして次に居間に戻ってくるときは、

「コーヒー入ったよー」

なんて言って、ミルクたっぷりの淹れたてのコーヒーや、きれいに皮を剝いたりんごなんかを持ってきてくれた。だめだめなのは、甘やかされて育ったぼくと妹で、ぬ

くぬくとこたつで暖まりながら、

「おとーさんありがとー」

などと調子のいいことを言っていた。男尊女卑とか、亭主関白とかいうシロモノは、わが家には影も形もなかった。

そんなわけでぼくが籍を入れたあと、「名字変えたから」と実家に一報入れたとき、電話の向こうで父は笑っていた。それぐらいが風通しよくていいと思う。

名字の代わりに、ぼくが両親から受け継いだというか、もらったものがある。

それは、大きく言ってしまうと、平等の精神だ。

男女は平等なのが当たり前、というテーゼがある。男女平等こそが幸せの土台だというのは、ぼくが育った環境においては常識すぎるぐらい常識だった。男尊女卑なんて昔の話だろ、と信じきっていた。どうやらそうでもない、と知ったときはあきれた。世の中に貧富の格差が広がっているのも、おかしい。みんなが平等に、平穏に暮らしていけるようになることが必要なんだと、ぼくは幼い頃から母に聞いて育った。

ほんとうに大事なものは、名字を変えようと、戸籍制度を廃止しようと、びくともしない。父と母からもらったものは、目に見えないものだ。誰にも侵されないものだ。それはいまも変わらずぼくの心にある。

言葉の石ころ

あとがき
に代えて

たった一枚の年賀状の言葉が
それも　短い　ほんの六文字が
ぼくの道を照らしてくれた

だから、とは限らないのに
だから君も、なんて言えないのに

こうして本にするのは

信じているからかもしれない
ぼくが　ではなく　言葉が
誰かの希望になることを

道ばたの石ころのような
なんの変哲もない一言が
雨あがりに日を浴びて
浮かびあがる虹のように

ただ石ころのまま　堅く確かに
珍しくもなく　いつもずっと
君を照らせ
君を生かせ　とそう願って

二〇一九年四月　白井明大

著者略歴――――
白井明大 しらい・あけひろ
詩人。1970年東京生まれ、横浜育ち。司法浪人から書店アルバイトを経て、27歳でコピーライターとして就職。以後、会社を転々とし、2001年よりフリーランスとして活動。2002年、ホームページ「無名小説」で詩を発表しはじめる。2004年、第1詩集『心を縫う』(詩学社)を上梓。2011年、沖縄へ移住。2012年に刊行した『日本の七十二候を楽しむ ―旧暦のある暮らし―』が静かな旧暦ブームを呼び、30万部のベストセラーに。2016年、『生きようと生きるほうへ』(思潮社)が第25回丸山豊記念現代詩賞を受賞。詩集に『歌』(思潮社)、『島ぬ恋』(私家版)など。ほか『一日の言葉、一生の言葉』(草思社)、『季節を知らせる花』(山川出版社)、『島の風は、季節の名前。旧暦と暮らす沖縄』(講談社)など著書多数。

希望はいつも当たり前の言葉で語られる

2019年6月28日 第1刷発行

著　者 白井明大
装幀者 鈴木千佳子
イラスト カシワイ
発行者 藤田 博
発行所 株式会社 草思社
〒160-0022 東京都新宿区新宿1-10-1
電話 営業 03(4580)7676 編集 03(4580)7680

本文組版 株式会社 キャップス
本文印刷 株式会社 三陽社
付物印刷 株式会社 暁印刷
製本所 大口製本印刷 株式会社

ISBN978-4-7942-2403-3 Printed in Japan 検印省略